Karin Gündisch

Weit, hinter den Wäldern

Für Dietmar

Karin Gündisch

Weit, hinter den Wäldern

BELTZ
& Gelberg

Karin Gündisch, geb. 1948 in Cisnàdie (in Siebenbürgen), Rumänien, studierte Deutsch und Rumänisch in Bukarest. Dort arbeitete sie als Deutschlehrerin, nebenbei war sie freie Mitarbeiterin bei der rumäniendeutschen Presse, bei Rundfunk und Fernsehen, veröffentlichte Kindergeschichten und arbeitete an Deutsch-Lehrbüchern mit. Seit November 1984 lebt sie in der Bundesrepublik, zunächst in Freiburg, heute in Bad Krozingen. Für *Geschichten über Astrid* erhielt Karin Gündisch den Peter-Härtling-Preis für Kinderliteratur 1984. 1987 erschien *Im Land der Schokolade und Bananen.*

Lektorat Ruth Klingemann

Programm Beltz & Gelberg, Weinheim
Einband von Wolfgang Rudelius
Gesamtherstellung Druckhaus Beltz, 6944 Hemsbach
Printed in Germany
ISBN 3 407 80023 1

Vorwort

Weit hinter den Wäldern, hinter Flüssen, Bergen und vielen Grenzen liegt der Ort, von dem ich erzählen will. In Gedanken kehre ich immer wieder dahin zurück, so als ob ich nach Hause ginge.

Dieser Ort liegt in Siebenbürgen, in Rumänien.

In mittelalterlichen lateinischen Urkunden wird Siebenbürgen Transsilvania, *Land jenseits des Waldes,* genannt. Hier leben Rumänen, Ungarn und Deutsche nebeneinander, heute immer mehr auch miteinander.

Die ersten Deutschen sind vor etwa achthundert Jahren als Kolonisten nach Siebenbürgen gekommen. Sie haben Wälder gerodet, Felder angelegt, Dörfer und Städte gegründet. In ihren Siedlungsgebieten waren sie in der Mehrheit. Sonst aber waren sie eine Minderheit.

Nach dem Zweiten Weltkrieg begannen sie auszuwandern. Eine Bewegung in umgekehrter Richtung also.*

In dem Ort, von dem ich erzählen will, lebte früher ein Junge, den ich Peter nennen werde. Er und seine Familie stehen im Mittelpunkt meiner Geschichte.

Peters Mutter starb früh. Sein Vater wurde nach dem Zweiten Weltkrieg zur Aufbauarbeit in die Sowjetunion deportiert.

Peter und seine Geschwister Doris und Hanzi lebten mit den Großeltern auf einem Bauernhof. Es war das Jahr 1949, ein langes Jahr, in dem die Kinder auf die Rückkehr ihres Vaters warteten.

* *Wer das alles genauer wissen will, kann am Schluß des Buches die Zeittafel lesen. Sie gibt Auskunft über die Geschichte Siebenbürgens und seiner Bewohner.*

Ich erzähle eine Geschichte von Menschen, die alle an einem Ort gelebt haben. Die Alten sind mittlerweile gestorben. Die Jüngeren leben zum Teil noch in dem Ort. Viele aber sind ausgewandert. Eines Tages werden sie in alle Himmelsrichtungen zerstreut sein.
Ich danke all jenen wunderbaren Erzählern, die mir geholfen haben, dieses Buch zu schreiben.

Karin Gündisch

1

An einem schwülen Maitag stand die Großmutter im Hof und sah besorgt zum Himmel. Von ferne kam ein leises Donnern. Die Schwalben flogen tief. Ein Windstoß bewegte die trockene Wäsche auf der Leine.

Es kommt Regen, Grisi, sagte Peter zur Großmutter.

Hol den großen Weidenkorb und das Körbchen für die Wäscheklammern, entgegnete sie.

Peter brachte die Körbe, und die Grisi begann die Wäsche abzunehmen. Sie faltete sie und gab acht, daß die großen Stücke den Boden nicht berührten. Peter stand neben ihr und hielt das Körbchen, in das sie die Wäscheklammern fallen ließ.

Die Grisi war eine kleine Frau. Es machte ihr Mühe, die großen Leintücher abzunehmen. Manchmal hielt sie in der Arbeit inne, ließ die Arme hängen und ruhte sich aus. Sie war müde. Sie war oft müde.

Als der Krieg zu Ende war, hatte sie gehofft, es kämen bessere Zeiten. Nach Kriegsende jedoch mußte der Vater von Hanzi, Peter und Doris nach Rußland zur Aufbauarbeit.

Zwangsarbeit, sagten die Leute in der Gemeinde.

Die Mutter der Kinder starb kurz darauf, und die Großeltern zogen in das verwaiste Haus. Die Großeltern hatten alle Hände voll zu tun, um die Kinder durch die schweren Zeiten zu bringen.

Es dauerte lange, bis die Grisi die Wäsche abgenommen hatte. Sie war sehr genau und schichtete die Stücke ganz ordentlich aufeinander.

Peter wurde die Zeit lang. Erzähl mir was, Grisi, sagte er. Wie war es, als mein Vater nach Rußland zog?

Die Grisi mußte diese Geschichte immer wieder erzählen. Sie erzählte sie so oft, bis sie nicht mehr weh tat.
Sie erzählte sie für Doris. Doris war vor dem Krieg geboren und war dreizehn Jahre alt.
Sie wiederholte die Geschichte für Peter. Peter war in der unruhigen Vorkriegszeit geboren und war zwölf Jahre alt.
Sie würde sie auch für Hanzi erzählen müssen, wenn er größer war. Hanzi war kurz vor Kriegsende geboren und war fünf Jahre alt.
Eine ähnliche Geschichte wie die von der Grisi hatte sich in vielen rumäniendeutschen Häusern abgespielt.
Es war eine traurige Geschichte, und die Grisi erzählte sie nicht gern. Sie mußte sie aber erzählen, denn die Kinder wollten wissen, was man über ihre Eltern erfahren konnte.
Die Geschichte des Vaters ging weiter, denn er lebte.
Die Mutter war tot. Ihre Geschichte war kurz, und sie war zu Ende.
Jetzt hab ich keine Zeit zum Erzählen, sagte die Grisi. Sie nahm den vollen Wäschekorb und trug ihn ins Haus. Peter folgte ihr mißmutig. Aber nach dem Mittagessen, als die Grisi das Geschirr abwusch, erzählte sie Peter, was er hören wollte. Peter nahm das Geschirrtuch, trocknete das Geschirr ab und hörte der Grisi zu.
Die Grisi erzählte:

Kalt war es an dem Tag. Es war der dreizehnte Januar 1945. Ganz früh am Morgen klopfte jemand an unser Haustor. Dein Großvater wollte öffnen gehen, aber dein Vater sagte, er solle im Haus bleiben. Er zog sich die Schabracke* an, die

* *hier: alte Jacke*

er sonst nur bei Arbeiten im Hof anzog, und ging zum Tor. Auf der Straße standen drei Männer vom neuen Volksrat. Sie sagten deinem Vater, er solle in einer Stunde zum Bahnhof kommen. Er solle nur ein kleines Bündel mit dem Allernotwendigsten mitnehmen. Und auch deine Mutter solle mitkommen.

Dein Vater wußte, um was es ging. Schon viele Tage vorher kreisten Gerüchte im Ort: Die Deutschen sollten nach Rußland zur Zwangsarbeit. Nun war es soweit. Daß aber auch deine Mutter mitmußte, damit hatten wir nicht gerechnet.

Dein Vater sagte: Meine Frau kann nicht kommen, sie hat ein Kind an der Brust.

Die Männer sagten, deine Mutter solle mit dem Säugling zum Bahnhof kommen, damit sie ihn sehen.

Wir wickelten Hanzi in ein Säuglingskissen, nachdem wir ihm die Beine so gebunden hatten, daß er sehr klein aussah. Frauen mit Kindern unter einem Jahr mußten nicht nach Rußland. Deine Mutter nahm den Buben auf den Arm, und dann ging sie mit deinem Vater zum Bahnhof. Wir anderen warteten zu Hause.

Deine Mutter kam mit Hanzi zurück. Er hatte gebrüllt, wahrscheinlich, weil wir ihm die Füße zusammengebunden hatten. Vielleicht auch, weil es so kalt war.

Dein Vater mußte mit vielen anderen Männern und Frauen in einen fensterlosen Viehwaggon steigen.

Als dein Großvater und andere alte Leute später mit Öfen und Brennholz für die ungeheizten Waggons auf den Bahnhof fuhren, war der Zug schon weg.

Die alte Schabracke hing am Haken hinter der Tür. Jetzt zog sie der Großvater an.

Der Großvater war alt. Peter konnte sich ihn nicht anders vorstellen.
Den Vater konnte er sich gar nicht vorstellen. Wenn er an den Vater dachte, dann sah er immer das Hochzeitsbild seiner Eltern vor sich. Es hing über dem Doppelbett, in dem Hanzi und Peter schliefen. Das Doppelbett war früher einmal das Ehebett ihrer Eltern gewesen.
Die Eltern waren stumm. Peter konnte ihre Stimmen nicht hören. Es waren die Stimmen der Großmutter und des Großvaters, die in seine Gedanken kamen.
Was essen wir am Abend? fragte Peter die Großmutter.
Die übriggebliebene Suppe vom Mittag, sagte die Großmutter.
Zu Mittag hatte es Bohnensuppe gegeben. Bohnensuppe schmeckte Peter nicht. Der Hunger verging ihm.

Einmal hatte der Großvater Peter in den Keller gesperrt, weil er keine Bohnensuppe essen wollte.
Der Großvater packte ihn damals an der Hand und schrie: Verstehst du nicht, daß wir essen müssen, was auf den Tisch kommt?
Dann zog er ihn hinter sich her bis in den Keller. Dort ließ er ihn allein.
Peter heulte. Er stand mit dem Rücken zur Kellerwand und heulte vor Ärger und vor Angst. Er hatte Angst vor Ratten und vor dem Dunkeln. Nach einiger Zeit wischte er sich die Tränen aus den Augen und versuchte, sich an das Dunkel zu gewöhnen. Der Keller war groß und kühl. Peter sah: Die Äpfelhorden waren leer, die Stellagen* mit den Marmeladen

* *Regale*

und dem Dunstobst waren auch fast leer. Überall standen leere Gläser. Die Kartoffeln waren ausgewachsen. Es war Sommer. Die Vorräte von der letzten Ernte gingen zu Ende.
Peter suchte den Keller mit dem Blick nach Ratten ab. Er horchte: Alles war ruhig. Auch die dicken Fässer, in denen es im Herbst und Winter rumort hatte, waren ruhig.
Nun war es gar nicht mehr so dunkel im Keller. Durch ein schmales Fenster kam Licht. Peter versuchte das Fenster zu öffnen. Mit leerem Bauch konnte er sich vielleicht durchquetschen.
Gut, daß ich zu Mittag nichts gegessen habe, dachte er, und dann fiel ihm ein, daß er ja gerade deswegen in den Keller gesperrt worden war.
Er stieg auf eine leere Kiste, öffnete das Fenster, aber er konnte sich nicht hochschwingen. Das Fenster war zu hoch. Da packte ihn die Wut. Er lief zur Kellertür und schlug mit Händen und Füßen darauf los. Als er seine Wut an der Tür ausgelassen hatte, merkte er, daß sie gar nicht verschlossen war. Der Großvater hatte die Tür nur zugezogen.

Jetzt war der Großvater im Stall und streichelte die Kuh. Die Kuh hieß Virak. Sie war unruhig. Es war an der Zeit, daß sie kalben mußte.
Der Großvater setzte sich auf den Schemel neben die Virak. In einer Waschschüssel war sauberes Wasser. Auf einem anderen Schemel lagen saubere Tücher.
Peter kam oft zur Virak in den Stall. Immer wenn er Kummer hatte, ging er in den Stall. Er legte sich in die Futterkrippe. Die Virak sah ihn mit einem langen sanften Blick an und leckte ihm mit ihrer großen rauhen Zunge die Füße. Das Lecken war wie ein Streicheln.

Dauert es noch lang? wollte Peter wissen.
Es dauert noch ein wenig, entgegnete der Großvater.
Peter setzte sich in die Futterkrippe. Erzähl mir was, Großvater, sagte er. Wie war es, als man uns die Schweine genommen hat und als uns nur die Virak geblieben ist?
Der Großvater erzählte:

Deine Großmutter war allein zu Hause, als man ans Haustor klopfte. Das Elend kam immer so: Erst hörte man Gerüchte über das, was geschehen würde, dann klopfte es ans Haustor, das wir damals immer verschlossen hielten.
Deine Großmutter öffnete das Tor, und fünf rumänische Bauern aus der Nachbargemeinde traten in den Hof. Sie waren mit Mistgabeln bewaffnet. Sie gingen auf den Stall zu. Deine Großmutter stellte sich vor die Stalltür. Einer von den Männern sagte: Seien Sie vernünftig, Frau Wagner, wir sind fünf starke Männer, und Sie sind eine alte Frau.
Sie schoben die Großmutter beiseite und trieben alle unsere Schweine auf die Straße. Auch das Schwein, das wir für alle Fälle in der Scheune versteckt hielten.
Als ich am Abend nach Hause kam, saß deine Großmutter auf der Treppe vor dem Haus. Ich weiß gar nicht, wie ich es dir sagen soll, sagte sie. Sie mußte mir aber nichts sagen. Ich wußte, was passiert war. Den anderen Landwirten war es genauso ergangen. Erst das Gerücht, dann die Schläge ans Tor, und dann kam das Elend. So war das.
Während mir deine Großmutter erzählte, wie alles geschehen war, hörten wir vor dem Tor ein langgezogenes Muhen. Wir hatten vergessen, das Tor für die Virak zu öffnen. Die Virak kam von der Weide.

Seit Tagen schon ging die Virak nicht mehr auf die Weide. Der Weg die Kuhtreppen hinauf war zu beschwerlich.
Peter hatte die Virak immer von der Herde abgeholt. Er ging ihr mit der Peitsche in der Hand entgegen. Die Geißel brauchte er zum Knallen. Er setzte sich mit den anderen Jungen an den Straßenrand, und dann warteten sie zusammen auf die Herde. Wenn die Virak kam, mußte Peter gehen. Er wartete auf die Virak, die Kuh aber wartete nicht auf ihn.
Peter ließ sie zum Tor hinein. Die Virak ging in den Stall. Der Großvater kam mit dem Melkeimer und mit einem Eimer lauwarmem Wasser. Er setzte sich auf den dreifüßigen Schemel neben die Kuh und wusch ihr das Euter. Er trocknete es mit einem sauberen Lappen, und dann machte er Platz für Peter.
Peter setzte sich neben die Virak. Er nahm den Melkeimer zwischen die Knie. Er griff mit beiden Händen nach dem Euter und umfaßte die Zitzen der Virak mit dem Daumen und dem Zeigefinger. Dann umschloß er die Zitz mit dem Mittelfinger und dem Ringfinger und zuletzt mit dem kleinen Finger, der den letzten Tropfen Milch ausdrücken mußte. Der weiße Milchstrahl zischte in den Eimer. Ein leichtes Drücken und Ziehen – die Virak ertrug es ruhig. Wenn Peter sie melkte, mußte man ihr den Schwanz nicht ans Hinterbein anbinden.
Das Melken war eine schwere Arbeit. Wenn der Eimer halb voll war, taten Peter die Arme weh. Dann setzte sich der Großvater auf den Schemel und melkte die Virak aus.
Die Milch im Eimer war warm wie der Leib von der Virak. Der Großvater nahm den Eimer und ging ins Haus. Das ganze Haus roch bald nach frischer Milch.
Die Virak war eine Simmentaler Kuh. An ihren guten Tagen

gab sie achtundzwanzig Liter Milch. Das war sehr viel. Peter ging jeden Tag auf den Markt Milch verkaufen, und jeden zweiten Tag mußte er eine volle Milchkanne zum Gemeindearzt tragen.

Die Virak quälte sich. Sie war aber eine gesunde Kuh, und sie brachte ein gesundes Kalb zur Welt. Der Großvater half ihr bei der Geburt. Er packte die Füße des kleinen Kalbes und zog es aus dem Leib der Mutter. Dann nabelte er es ab. Das Kalb war wunderschön und ähnelte ganz der Virak. Die Virak half ihm auf die Beine und leckte es.

Peter und der Großvater waren sehr froh über das Kalb.

Bevor sie den Stall verließen, schüttete der Großvater noch einmal das Heu für die Virak auf.

Komm, sagte er zu Peter, und sie gingen ins Haus.

Einige Wochen später wurde das Kalb von der Virak verkauft.

Die Virak selbst hatten sie auch nicht mehr lange.

An einem Abend, als die Virak von der Weide zurück und auch schon gemolken war, klopfte es ans Tor. Der Großvater ging öffnen. Die Großmutter, Peter, Hanzi und Doris kamen in den Hof. Die Großmutter ging auch zum Tor. Auf halbem Weg blieb sie stehen. Peter, Hanzi und Doris standen wie angewurzelt neben der Haustür. Keiner sagte was. Alle sahen zum Tor.

Die Schläge ans Tor wiederholten sich und wurden stärker. Der Großvater sperrte das Schloß auf, und das Tor flog zur Seite. Drei stämmige rumänische Bauern traten in den Hof. Sie schoben den Großvater einfach beiseite. Der Großvater fiel hin. Die Großmutter lief zum Großvater, so schnell sie konnte. Der Großvater kam rasch wieder auf die Beine.

Die Bauern waren an den Kindern vorbei direkt in den Stall

gegangen. Sie trieben die Virak in den Hof. Die Virak muhte und schaute zum Großvater. Der Großvater sah aus, als ob er sich auf die Bauern stürzen wollte. Plötzlich sackte er in sich zusammen und sah zu, wie die Bauern die Virak zum Hoftor hinaustrieben.

Als die Virak an den Kindern vorbeizog, drehte sie den Kopf nach ihnen. Sie verstand nicht, was mit ihr geschah. Auch die Kinder verstanden nicht, was geschah. Peter und Hanzi gingen zum Hoftor.

Die Grisi wollte sie aufhalten. Kinder, rief sie ...

Der Großvater faßte die Grisi an der Hand. Laß sie, sagte er.

Peter und Hanzi gingen hinter der Virak. Die Virak drehte sich von Zeit zu Zeit um und muhte. Sie verstand noch immer nicht, was mit ihr geschah. Hanzi und Peter aber hatten verstanden: Die Virak gehörte ihnen nicht mehr.

Die beiden Jungen gingen hinter der Virak und den Bauern durch die ganze Gemeinde. Die Leute auf der Straße blieben stehen und sahen ihnen nach.

Peter weinte. Er wußte gar nicht, daß er weinte. Die Tränen liefen ihm die Wangen hinunter. Er sah alles verschwommen.

Auf dem Zoodtberg an der Hattertgrenze blieben die Jungen stehen. Vom Berg aus sah man die Nachbargemeinde. Die Männer trieben die Virak weiter, und die Jungen blieben auf dem Berg, bis sie die Virak nicht mehr sehen konnten.

Es war inzwischen dunkel geworden. Peter und Hanzi gingen nach Hause.

Der Großvater saß am Küchentisch. Er stützte den Kopf in die Hände. So saß er den ganzen Abend und redete kein Wort.

Die Großmutter richtete das Abendessen, aber der Großvater aß nichts.

Warum haben sie uns die Virak genommen? fragte Peter mit verheulter Stimme.
Weil wir in einer Zeit leben, entgegnete die Grisi, in der Rechte und Gesetze nicht mehr gelten.
Die Grisi schwieg. Sie stellte die Milch auf den Tisch, daß sie fast überschwappte. Ihr Gesicht war wie versteinert.
Peter hatte die Grisi so verbittert noch nie gesehen.
Keiner sagte mehr ein Wort bei Tisch.
Nach dem Abendessen ging Peter mit der Milch von der Virak zum Gemeindearzt. Er sollte noch ausrichten, es sei das letztemal, daß er mit der Milch komme.

2

Einen Monat später war Viehmarkt in Wilhelmstadt.
Der Großvater wollte eine Ziege kaufen, denn in einem Haus mit drei Kindern braucht man Milch.
Peter durfte auf den Viehmarkt mitgehen. Der Großvater hatte ihn aus der Schule freiverlangt.
Der Großvater stand früh am Morgen auf und packte Brot, Speck und rote Zwiebeln in den Brotbeutel. Dann weckte er Peter. Er berührte nur leicht seine Schulter, und Peter war sofort hellwach. Er schlüpfte in die Kleider, und kurz darauf verließen die beiden das Haus.
Es war frisch draußen. Das Gras war naß vom Tau. Die Gärten rochen nach feuchter Erde.
Peter und der Großvater hatten ein gutes Stück Weg vor sich. Ohne sich aufzuhalten, gingen sie ungefähr eine Stunde.
Eine Ziege muß man am Morgen kaufen, sagte der Großvater.
Die beiden redeten nicht viel auf dem Weg, denn der Großvater war nicht sehr gesprächig.
Es war ein großer Viehmarkt in Wilhelmstadt.
Nach einigem Überlegen und Handeln kaufte der Großvater eine schwarzweiße Ziege von einem Bauern aus Schellenberg.
Bald darauf verließen Peter und der Großvater den Viehmarkt. Peter führte die Ziege am Strick. Auf dem Heimweg unterhielten sich Peter und der Großvater über die Ziege, überlegten, wieviel Milch sie wohl gäbe. Da fiel Peter ein, daß sie vergessen hatten, den Bauern nach dem Namen der Ziege zu fragen. Zum Umkehren war es zu spät. Der Großvater sagte, Peter solle der Ziege einen neuen Namen geben.

Peter überlegte hin und her, und schließlich taufte er sie Zirri.
Die Hälfte des Heimweges hatten sie hinter sich. Es war warm geworden. Peter taten die Füße weh, und er hatte Hunger.
Sie setzten sich ins Gras ans Ufer des Schewis. Peter band Zirri an einen Baum. Der Großvater packte das Essen aus, und sie aßen.
Der Großvater pflegte beim Essen nicht zu sprechen. Er aß langsam und bedächtig. Nach dem Essen tranken sie Wasser aus dem Schewis. Peter setzte sich auf einen Stein und ließ die Beine ins Wasser hängen. Dann legte er sich neben den Großvater ins Gras und sah der Ziege zu, wie sie Gras rupfte.
Großvater, erzähl mir etwas Lustiges aus deinem Leben, bat Peter.
Etwas Lustiges, wiederholte der Großvater. Nach einer Weile sagte er: Es fällt mir nichts ein. Wenn du willst, kann ich dir was Lustiges von unserem Nachbarn, dem Herbert Lori, erzählen.

Der Herbert Lori hat einen Bruder gehabt, den Heinrich, den kennst du nicht, der ist im Krieg gefallen. Der Heinrich und der Lori waren ganz ungleiche Brüder. Der Heinrich hat ein Wirtshaus in der Marktgasse gehabt, aber selbst hat er nichts getrunken, und jeden Sonntag ist er in die Kirche gegangen. Er war ein sehr stolzer Mensch, und die Leut haben ihn nicht sehr gern gehabt. Wenn der Heinrich die Marktgasse hinuntergegangen ist und wenn ihm auf dem Gehsteig ein Rumäne entgegengekommen ist, dann mußte der Rumäne vom Gehsteig herunter, nur weil der Heinrich was Besseres war, weil er ein Wirtshaus hatte und weil er Deutscher

war. Du weißt ja, wie breit der Gehsteig in der Marktgasse ist. Vier Menschen können nebeneinandergehen. Der Heinrich hat sich aber so breit gemacht und den Kopf hochgehoben, daß ihm der Rumäne lieber aus dem Weg gegangen ist. So ist dann dem Heinrich der ganze Gehweg geblieben.
Und geizig war er, der Heinrich. Er hat den ganzen Keller voll von den schönsten Äpfeln gehabt. Jeder Apfel lag extra im Stroh. Der Heinrich hat die Äpfel immer nach faulen Stellen kontrolliert, und nur die angefaulten Äpfel durften gegessen werden. So kam es, daß der Heinrich immer nur angefaulte Äpfel gegessen hat, obwohl er im Herbst die schönsten Äpfel eingelagert hat.
Der Lori war ganz anders. Der ist beim Heinrich im Wirtshaus gesessen, hat gut gegessen und getrunken, hat Geschäfte gemacht und Karten gespielt. Mit Decken und Stoffen hat er damals gehandelt. In die Kirche ist er nicht gegangen, aber mit den beiden rumänischen Pfarrern aus der Nachbargemeinde war er sehr gut befreundet. Die drei haben viel zusammen Poker gespielt.
Die Leute haben den einen Popen Popa Porcu, das Schwein, den anderen Popa Grasu, den Dicken, genannt. Sehr respektvoll ist das ja nicht, aber die Leut werden schon wissen, warum sie die beiden so getauft haben. Wo Rauch ist, da ist auch Feuer. Popa Porcu war hinter den Frauen her, daß es eine Schande war. Aber was erzähl ich dir hier, Bub? Weißt du, Pfarrer sind im allgemeinen Respektspersonen, aber diese beiden waren Ausnahmen. Wirklich, die waren Ausnahmen. Sie haben sich ewig gestritten um die Kunden, will sagen, um die Gläubigen. Je mehr Trauungen, Taufen und Begräbnisse, desto besser hat der Pope verdient. So waren die beiden Erzfeinde, wenn sie nicht mit dem Lori im Wirts-

haus saßen und Poker spielten, dann waren sie nämlich Freunde.
Einmal hat der Lori beim Poker gewonnen, das war gerade vor dem großen Viehmarkt im Herbst. Da hat der Lori gesagt, die beiden Pfarrer müssen, weil sie beim Poker verloren haben, mit auf den Viehmarkt fahren. Der Lori wollte seinen alten Gaul loswerden und einen jüngeren kaufen.
Na, ein Pferd kauft man auch am Morgen. Der Knecht vom Lori hat das Pferd vor die Kutsche gespannt, und die beiden Pfarrer und der Lori sind in die Kutsche gestiegen. Es war noch früh am Morgen, und es war ziemlich kalt. Der Lori hatte damit gerechnet und was gegen die Kälte mitgenommen. Einen doppelt gebrannten Schnaps, einen selbstgebrannten. Der ist gegen alles gut, gegen die Kälte, gegen Grippe, gegen die meisten Krankheiten. Merk dir das, Bub.
Die drei Männer haben sich auf dem Weg gewärmt, und als sie der Nachbar Fleischer auf dem Viehmarkt gesehen hat, da waren sie sehr gut aufgelegt.
Der Lori ist ein guter Geschäftsmann gewesen. Er hat den Gaul bald verkauft. Die beiden Pfarrer sind danebengestanden, haben den Gaul gelobt und haben so getan, als wollten sie ihn kaufen. Ein Mann hat sich für den Gaul interessiert und hat ihn zu guter Letzt auch genommen. Allzuviel hat der Lori für ihn nicht gekriegt, denn man sah es dem Gaul ja an, daß er alt war. Der Lori ist trotzdem sehr zufrieden gewesen und hat den beiden andern vorgeschlagen, daß sie erst etwas essen sollen im Wirtshaus, weil man ein Pferd nicht auf nüchternen Magen kaufen soll. Also haben sie sich ins Gasthaus gesetzt und anständig gegessen. Zu einem anständigen Essen gehört aber auch ein anständiger Wein. Den Schnaps hatten sie schon vor dem Essen ausgetrunken. Nach dem Essen hat

der Popa Grasu noch einmal den alten Gaul gelobt und hat so getan, als würde er ihn dem Lori verkaufen. Der Lori hat den Käufer nachgeahmt, und die drei Mannsbilder haben sich fast zu Tode gelacht.
Dabei hat der Gaul nicht einmal mehr alle Zähne im Maul gehabt, hat der Lori gewiehert.
Popa Porcu hat die Karten auf den Tisch gelegt, der Lori hat noch Wein bestellt, und die drei Pferdeverkäufer haben bis zum Schluß des Viehmarktes Karten gespielt. Da hat sich der Lori erinnert, daß er ja ein Pferd für die Kutsche braucht. Die drei Männer haben sofort gezahlt und sind wieder auf den Markt gegangen. Dort war aber nicht mehr viel zu haben.
Sie haben dann doch noch ein Pferd gefunden, nicht ganz so eins, wie der Lori es wollte, aber trotzdem ein gutes Pferd, nur etwas teuer. Der Lori hat gedacht, er muß auf jeden Fall ein Pferd kaufen, weil er sonst nicht nach Hause fahren kann. Die beiden Pfarrer wollten auch nicht zu Fuß nach Hause gehen. Sie haben dem Lori zugeredet, er soll das Pferd kaufen.
Der Lori hat das Pferd gekauft und vor die Kutsche gespannt. Das Pferd ist auch gleich losgegangen. Die Herren haben noch bis zum Einbruch der Dunkelheit in der Kalesche* Karten gespielt. Der Lori hat mit dem Kutschieren gar keine Mühe gehabt. Das Pferd hat den Weg gekannt. Vielleicht hat es früher einem Landwirt aus unserer Gemeinde gehört, hat der Lori gedacht. Als das Pferd aber in die richtige Straße einbog und vor dem richtigen Haustor stehenblieb, da war es dem Lori nicht geheuer. Ernüchtert von der

* *leichte vierrädrige Kutsche*

frischen Luft ist er aus der Kalesche gestiegen und hat sich den Gaul genauer besehen. Er hat ihm das Maul aufgemacht. Der Gaul hatte nicht mehr alle Zähne.
Die beiden Popen haben sich derweil aus dem Staub gemacht.
Der Bruder vom Lori, der Heinrich, ist vor dem Tor gestanden.
Na, was ist, hat er gesagt, hast du kein neues Pferd gekauft?
Der Lori hat was von zu teurem Markt gebrummt und hat das Pferd dem Knecht übergeben.
So hat der Lori seinen alten Gaul billig verkauft und teuer zurückgekauft.

3

In den Ferien mußten die Kinder im Haus, im Hof und im Garten mehr mithelfen als in der Schulzeit.
Peter ging am Morgen mit Schweinsbirnen und Blumen auf den Markt. Am Vormittag mußte er oft dem Großvater im Garten helfen.
Am frühen Nachmittag, wenn die Sirenen zur zweiten Schicht riefen, saß er mit Doris vor dem Tor und verkaufte Birnen an die Leute, die in die Fabrik gingen, und auch an die, die etwas später aus der Fabrik kamen.
Am Abend ging Peter ins Brotgeschäft und half der Brotfrau beim Sortieren und Aufkleben der Brotmarken.
Die Brotmarken der Schwerarbeiter waren braun. Sie bekamen das meiste Brot.
Die Brotmarken der anderen Arbeiter waren gelb. Sie bekamen weniger Brot als die Schwerarbeiter.
Die Brotmarken der Kinder und der Alten waren weiß. Sie bekamen das wenigste Brot.
Wer die Brotmarken verlor, bekam kein Brot.
Die Grisi packte die Brotmarken immer in ein Stück Zeitungspapier ein, und jedesmal sagte sie zu Peter: Paß auf, daß du sie nicht verlierst!
Und Peter paßte auf, daß er sie nicht verlor. Er hielt die Brotmarken und das Geld ganz fest in der einen Hand und das Netz in der andern.
Die Brotfrau sammelte die Marken in einem Schuhkarton. Die Brotmarken mußten nach Farben geordnet und auf ein Papier geklebt werden. Peter sortierte sie, und die Brotfrau klebte sie auf altes Zeitungspapier. So verdiente sich Peter fast täglich ein großes Stück weiches Schwarzbrot.

Trotz der Arbeit blieb Peter genug Zeit zum Spielen und Herumstreunen.
Wenn das Grummet* in den Scheunen war, saßen Peter und seine Freunde am Abend gerne im Heu und sprachen über alles, was wichtig war.
Im Brotgeschäft ist etwas passiert, sagte Peter.
Das Brotgeschäft lag im Haus von der Sophietante. Unten im Haus war das Brotgeschäft, und oben wohnte die Sophietante. Das Haus hatte früher einmal ihrem Mann gehört. Der war gestorben. Nach seinem Tod hatte die Sophietante das Haus geerbt. Aber sonst hatte sie nichts geerbt. Rente hatte sie keine, denn sie war ja nie angestellt gewesen, und Kinder hatte sie auch keine.
Die Sophietante war eine Fremde. Ihr Mann hatte während seiner Studienzeit bei ihr gewohnt und hatte sie dann geheiratet und nach Hause gebracht. Sie war anders als die Frauen aus der Gemeinde. Sie hatte lackierte Fingernägel, und sie färbte sich den Mund rot. Die Sophietante war eine Fremde geblieben in der Gemeinde, und sie würde es auch immer bleiben.
Die Jungen im Grummet wollten wissen, was im Brotgeschäft passiert war, und Peter erzählte die Geschichte von der Sophietante.

Ich geh ja fast jeden Tag bei den Brotmarken helfen. Es riecht immer so gut nach frischem Brot im Geschäft.
Das Geschäft hat eine Verbindungstür zu der Wohnung von der Sophietante. Die sieht man nur vom Geschäft aus. Im Korridor bei der Sophietante sieht man nur ein Regal und ei-

* *Heu vom zweiten Grasschnitt des Jahres*

nen Vorhang. Sie hat in den Türstock ein Regal eingebaut, wo sie die Marmeladegläser hineinstellt.
Ich hab immer gedacht, die Tür ist fest zu. Einmal, als ich vorn beim Ladentisch Brotmarken geklebt hab, da hab ich gesehen, wie sich die Tür bewegt hat. Vor der Tür stand aber eine Kiste. Ich war allein im Geschäft. Die Brotfrau hat im Hof Kisten gestapelt. Ich hab Angst gehabt, aber ich hab der Brotfrau nichts gesagt.
Ein anderes Mal schien es mir, ich hätte die Sophietante im Lagerraum des Geschäfts gesehen. Ich war mir aber nicht sicher, also hab ich wieder nichts gesagt. Und jetzt hat die Brotfrau die Miliz gerufen, denn sie hat die Sophietante beim Brotstehlen erwischt. Die Sophietante kommt ins Gefängnis wegen Diebstahl am Volkseigentum, hat der Milizmann gesagt. Ich war im Geschäft, als die Miliz gekommen ist, um die Sophietante abzuholen. Sie hat die Lippen nicht gefärbt gehabt und sah ganz blaß und alt aus. Die ganze Marktgasse hat zugesehen, wie sie die Sophietante abgeführt haben.
Die Brotfrau hat laut gesagt: Lieber würde ich vor Hunger sterben als stehlen.
Darauf hat die Frau Herbert aus dem Fenster gerufen: Sie haben leicht reden! Wer im Brotgeschäft ist, soll nicht über den Hunger von anderen Leuten sprechen! Dann hat sie das Fenster zugepletscht.
Ich geh jetzt nicht mehr der Brotfrau helfen. Meine Großmutter hat gesagt, ich soll es nicht mehr machen. Wenn das Brot nicht reicht, macht sie Palukes*, oder sie kocht ein paar Kartoffeln.

* *Maisbrei, Polenta*

Manchmal schlief Peter mit den Nachbarsjungen in der Scheune im Grummet. Die Jungen holten sich Decken aus dem Haus, und der Franz hatte sogar eine alte Taschenlampe.
Wenn sich einer bewegte, dann raschelte das Heu, und Franz flüsterte: Seht ihr dort das Gespenst?
Die Jungen sahen sich die Augen aus, obwohl sie wußten, daß es keine Gespenster gab.
Wenn Wetterleuchten war oder ein Gewitter niederging, dann war es unheimlich im Heu. Die Jungen erzählten sich Gruselgeschichten, bis ihnen vor Angst die Zähne klapperten. Keiner aber gab zu, daß er Angst hatte.
Der Franz erzählte eine wirkliche Geschichte, die hatte sein Onkel seinem Vater erzählt, und dem Onkel hatte sie ein Bekannter aus einer Nachbargemeinde erzählt. Aber den Namen der Gemeinde hatte weder der Onkel noch der Vater genannt. Der Mann aus der Geschichte hatte auch keinen Namen.

Der Mann also, der war im Krieg bei der Waffen-SS. Er war noch ganz jung. Der Pfarrer aus der Gemeinde hatte gesagt, alle jungen deutschen Männer sollten ins Mutterland gehen zur Ausbildung fürs Militär, und dann sind die Männer ausgebildet worden und sind in den Krieg gezogen. Der Pfarrer aber hat seine eigenen beiden Söhne nicht ins Mutterland geschickt. Er hat sie zur rumänischen Armee geschickt, weil er sie ja in eine Armee schicken mußte, und die im Vaterland war viel näher.
Der junge Mann ist also in den Krieg gezogen, und am Kriegsende ist er mit noch anderen jungen Männern in russische Gefangenschaft geraten. Die Russen haben sie in Wag-

gons gesperrt und wollten sie nach Rußland verschleppen. Über Österreich, Ungarn und Rumänien. Manchmal ist der Zug unterwegs gestanden, und ein deutscher Arzt, der auch Gefangener war, hat in die Waggons hineingeschaut, um zu sehen, ob alle noch gesund sind. Als sie durch Siebenbürgen gefahren sind, hat der Arzt zu dem jungen Mann und zu den anderen gesagt, jetzt sollen sie zeigen, was sie können. Wenn sie hier bei sich zu Hause nicht flüchten, dann können sie nirgends mehr flüchten.
Die russischen Soldaten, die den Arzt und die Gefangenen bewacht haben, die haben kein Deutsch verstanden.
Der junge Mann und die anderen haben irgendwie die Tür aufgebrochen und sind aus dem fahrenden Zug gesprungen. Dann sind sie gelaufen, jeder in eine andere Richtung. Auf dem nächsten Bahnhof hat man die Flucht bemerkt, und man hat die Flüchtlinge mit Hunden verfolgt. Der Mann hat das Hundegebell gehört und auch die Schüsse. Er hat Glück gehabt, daß ein Fluß in der Nähe war. Er ist ein Stück im Fluß gelaufen, und das Wasser hat seine Spur verwischt. Tagsüber ist der Mann im Wald geblieben, nur in der Nacht hat er sich herausgetraut auf die Felder und hat was zum Essen gesucht. In der Nacht ist er immer ein Stück weitergegangen, er hat die Gegend ja gekannt. Nach einiger Zeit, als er schon ganz ausgehungert war, hat er einen alten Hirten getroffen, einen Rumänen, der hat ihm zu essen gegeben. Er hat ihm auch ein rumänisches Bauernhemd, eine Hose, einen Schafspelz und eine Schaffellmütze gegeben. So angezogen hat der Mann wie ein rumänischer Hirte ausgesehen. Er hat sich dann auch unter die Leute getraut. Er hat aber nichts geredet mit den Leuten, weil man an seiner Aussprache erkannt hätte, daß er ein Deutscher war. Er hat immer nur so

komisch dreingeschaut und da-da-da* vor sich hin gesagt. Die Leute haben gedacht, der Arme ist übergeschnappt, und haben ihn in Ruhe gelassen.
Das letzte Stück Weg ist er mit der Bahn gefahren.
Ein rumänischer Offizier hat ihn gefragt, von wo er kommt und ob er im Krieg gewesen ist. Der Mann hat nämlich eine Narbe im Gesicht gehabt. Er hat aber wieder nur da-da-da gesagt, und als der Offizier ihn noch etwas gefragt hat, da hat er genauso geantwortet. Als der Zug in dem Ort ankam, wo der Mann aussteigen wollte, war der ganze Bahnhof unter Kontrolle. Jeder mußte seine Papiere vorzeigen, und der Mann hat keine gehabt. Er wollte vom Ausgang zurück zu den Gleisen gehen. Aber der rumänische Offizier hat ihn am Ärmel erwischt und hat zu ihm gesagt: Wenn du durch die Sperre willst, trag meinen Koffer. Ich sag, du bist meine Ordonnanz.
Der Mann hat nichts gesagt, er hat den Koffer genommen und ist so durch die Sperre gekommen. Er ist zu Fuß weitergegangen und hat sich nur in der Nacht getraut, an das Tor seiner Eltern zu klopfen. Die wollten ihn gar nicht hereinlassen, denn sie haben ihn nicht erkannt, und sie haben Angst gehabt. Der Mann hat leise den Namen seiner Eltern gerufen und hat sich zu erkennen gegeben. Sie haben ihn dann an der Stimme erkannt.
Er ist ein Jahr lang in einem Loch in der Erde unter der Küche gesessen, wo grad ein Stuhl und ein paar Decken Platz hatten, und hat Angst gehabt, daß sie ihn doch noch erwischen.

* *deutsch: ja-ja-ja*

Die Jungen rätselten herum, in welcher Gemeinde das passiert sein konnte. Es konnte in jeder Gemeinde passiert sein.
Als Peter dem Großvater die Geschichte erzählte, schimpfte der: Der junge Rotzlöffel, was hat der schon vom Krieg gewußt! Immer die Falschen werden bestraft. Die Kerle, die deinem Vater *Kommunistenschwein* und *Volksverräter* ans Tor geschrieben haben, weil er nicht zur Waffen-SS gegangen ist, die möcht ich ins Loch stecken, den Ortsgruppenleiter und seine Helfer.
Warum haben sie so was an unser Tor geschrieben? wollte Peter wissen.
Die haben gemeint, alles, was deutsch ist, muß ins Reich. Dein Willonkel ist ins Reich, er war nicht mehr zu halten. Dein Vater wollte hierbleiben. Er war in der rumänischen Armee in der Reserve. Er war unabkömmlich in der Fabrik, in der er gearbeitet hat. Die Fabrik hat Felddecken hergestellt.
Die Kerle wollten deinen Vater beleidigen und herausfordern, und dein Vater wollte nachher wirklich zur deutschen Armee gehen, weil er es nicht mehr ausgehalten hat, aber deine Mutter hat gesagt: Bleib zu Haus. Was auch immer passiert, es ist besser, du bleibst zu Haus. Denk an die Kinder und an mich!
Dein Vater hat deine Mutter sehr gern gehabt. Darum ist er in der rumänischen Armee geblieben. Er hatte ja Glück, daß er nicht in den Krieg mußte, erst kurz vor Kriegsende ist er eingerückt.
Jetzt ist dein Vater in Rußland. Der Ortsgruppenleiter aber ist in Deutschland. Der ist immer auf die Füße gefallen!
Im Krieg hat er mit noch ein paar anderen Druck auf die Wehrpflichtigen ausgeübt, hat gedroht, ihnen Volksverräter

ans Tor zu schreiben. Wer wollte schon als Volksverräter angesehen werden?
Der Sohn von unserem Nachbarn, der Viktor, ist 1942 verwundet von der Krim zurückgekommen, wo er als Soldat in der rumänischen Armee gekämpft hatte. Der wußte, was Krieg heißt, und er hatte genug davon. Der Ortsgruppenleiter und seine Genossen haben ihm aber so lange zugesetzt, bis er sich freiwillig, wie das hieß, zur Waffen-SS gemeldet hat. Er ist im Februar 1944 bei Narwa in Rußland gefallen.
Und was hat der Ortsgruppenleiter gemacht? Er hat die Soldaten zur Bahn gebracht. Brüder, wir sehen uns an der Front! hat er geschrien, und gedacht hat er: Auf Nimmerwiedersehen!, denn er selbst war keinen einzigen Tag an der Front. Verstehst du, keinen einzigen Tag!
Aber das ist noch nicht alles! Als unsere Leute nach Rußland deportiert wurden, Frauen, halbe Kinder noch, Kriegsheimkehrer, da hat er sich gedreht und gewendet, vielleicht hat er Schmiergelder gezahlt, wer kann das genau wissen, und ist nicht nach Rußland gezogen! Jetzt lebt er mit seiner Familie ungeschoren in Deutschland.
Peter hörte gespannt zu. Warum habt ihr ihn denn laufenlassen? fragte er. Warum habt ihr es ihm nicht zurückgegeben?
Ja, warum nicht? entgegnete der Großvater. Während des Krieges haben unsere Leute gedacht, der Krieg soll nur zu Ende gehen, dann machen wir schon Ordnung. Der Ortsgruppenleiter und seine Parteifreunde hatten viele Sympathisanten in der Gemeinde. Nach dem Krieg waren die Kerle aber in alle Himmelsrichtungen verstreut. Unsere Leute wurden deportiert. Wer sollte mit den Kerlen abrechnen?
Der Großvater schwieg, und Peter getraute sich nicht, ihm noch mehr Fragen zu stellen. Er hatte auch genug gehört,

über das er nachdenken mußte. Eine wilde Wut packte ihn, er hätte dem Ortsgruppenleiter an die Gurgel springen können. Er wünschte sich, sein Vater hätte es getan. Der Vater aber hatte stillschweigend sein Bündel genommen und war auf Befehl der Soldaten in den Viehwaggon gestiegen, der nach Rußland fuhr.

4

Es war Sommer. Peter und Doris gingen jeden zweiten Abend auf den Friedhof, die Blumen gießen.
Der Name ihrer Mutter stand noch nicht auf dem Grabstein. Nur die Namen der Großeltern waren eingetragen, ihr Geburtsjahr und dahinter ein Strich. Der Platz hinter dem Strich war frei für das Todesjahr. Die Großmutter und der Großvater lebten, die Mutter war tot.
Sie war schon lange tot, schien es Peter. Sie war aber noch nicht lange tot. Peter wußte nur nicht mehr, wie es ist, wenn man eine Mutter hat. Die Mutter war lange krank gewesen, und die Großmutter hatte die Kinder versorgt. Immer die Großmutter.
Als Peters Mutter starb, kam der Großvater und holte ihn aus der Schule ab. Er sprach zuerst leise mit der Lehrerin, dann kam die Lehrerin an Peters Bank. Sie fuhr ihm langsam mit der Hand übers Haar und sagte, er solle seine Sachen zusammenpacken und nach Hause gehen. Es war sehr still in der Klasse. Alle Blicke waren auf Peter gerichtet. Es dauerte eine Ewigkeit, bis er seine Schultasche gepackt hatte.
Er sah zum Großvater. Der Großvater sah zu Boden.
Peter wußte, warum ihn der Großvater abholte. Der Großvater mußte ihm nichts sagen.
Zu Hause waren alle Spiegel mit weißen Laken verhängt. Die Mutter war im Wohnzimmer schon aufgebahrt. Die Großmutter stand neben dem Sarg. Sie sagte nichts, sie schwieg, schwieg.
Peter rannte in den Keller und heulte, wollte niemand sehen, wollte von niemand gesehen werden, im Keller, dort heulte er bis zur Erschöpfung.

Warum mußte die Mutter sterben, die alle liebhatten und die immer zu allen gut war, und er, Peter, durfte leben, obwohl er oft schlecht war und alle im Haus ärgerte. Das dachte Peter.
Der Großvater fand ihn im Keller und brachte ihn ins Haus.
Am Kleiderständer in der Küche hing ein alter Regenschirm.
Mit diesem Schirm hatte Peter seine Mutter auch bei Schönwetter aus der Fabrik abgeholt, als sie noch zur Fabrik ging.
Der Großvater legte den Schirm weg.
Nach dem Tod der Mutter wurde es sehr still im Haus.
Eines Tages, es war beim Abwaschen, begann Doris zu singen. Der Gesang tat Peter weh. Das Klappern der Teller und dann der Gesang. Der Großvater saß am Tisch. Er hob den Kopf und lauschte. Doris unterbrach den Gesang, blieb einen Augenblick bewegungslos.
Peter wollte etwas sagen, er blickte zum Großvater hin und sagte nichts.
Sing, Kind, sing, sagte der Großvater, und Doris sang weiter.
Peters Mutter war an Krebs gestorben.
Sie war schon lange krank gewesen, aber sie hatte nie viel über ihre Krankheit gesprochen.
Die Krankheit veränderte die Mutter. Sie wurde immer stiller. Meistens war sie müde, zu müde.
Peter fiel auf, daß sie nach dem letzten Krankenhausaufenthalt die Badezimmertür absperrte, wenn sie sich wusch. Früher hatte sie das nie getan.
Peters Mutter hatte keine Brüste mehr. Sie trug einen Büstenhalter, in dem Watte war. Eine Zeitlang glaubte Peter, die Brüste aller Frauen seien aus Watte.
Die Brüste der Großmutter waren nicht aus Watte. Die Grisi sperrte die Badezimmertür immer ab, aber Peter sah durchs Schlüsselloch: Sie hatte kleine, hängende Brüste.

Seit einiger Zeit sperrte auch Doris die Tür ab, obwohl sie fast gar keine Brüste hatte und auch noch keinen Büstenhalter trug.
Die Frauen haben ein Geheimnis, dachte Peter.
Das Geheimnis hatte etwas zu tun mit den Brüsten der Frauen, mit zugesperrten Badezimmertüren und mit dem Tod der Mutter. Peter wurde neugierig, er traute sich aber nicht, jemand zu fragen. Seine Mutter hätte er fragen können, aber sie war tot. Peter blieb mit seiner Neugierde allein.
Im Wohnzimmer hing ein großes Bild von Peters Mutter. Die Großeltern hatten ein Foto von ihr vergrößern lassen.
Diese Mutter war Peter fremd, sie erinnerte ihn aber an seine Mutter. Am deutlichsten erinnerte sich Peter an etwas, das auf dem Bild nicht zu sehen war. Er erinnerte sich an den Geruch der Mutter. Sie roch ganz fein nach Lavendel.
Die Mutter auf dem Bild trug die Haare hochgesteckt, ihr Blick war durchdringend scharf. Der Großvater sagte, das käme vom Licht beim Fotografieren.
Auf dem Bild trug die Mutter einen Pelz um die Schultern. Es sah aus, als ob sie ihn direkt auf der Haut trüge. Der Hals und ein Teil der Schultern waren frei. Nackte Haut. Der Pelz verdeckte die Brüste, das Geheimnis.
Peter hatte seine Mutter nie in diesem Pelz gesehen.
Der Pelz hat dem Fotografen gehört, sagte der Großvater.
Der Fotograf hatte die Mutter verändert.
Auf dem Bild war sie noch sehr jung, sagte die Großmutter.
Erzähl mir etwas von meiner Mutter, bat Peter.
Und die Großmutter entgegnete:

Was soll ich dir von deiner Mutter erzählen? Sie hat ja nur kurz gelebt. Sie hat geheiratet, hat drei Kinder gekriegt und ist gestorben. Das ist alles. Denkst du, das Leben besteht aus Geschichten? Für eine Frau besteht das Leben hauptsächlich aus Heiraten, Kinderkriegen und Arbeiten. Ich sag nicht, daß so ein Leben nicht schön ist, aber deiner Mutter war das zuwenig. Deine Mutter hat gern gemalt. Sie ist oft hinaus in die Natur gegangen, hat Blumen oder Äste mitgebracht, und die hat sie dann gemalt. Sie hat große Freude am Malen gehabt.

Einmal hat sie gesagt, daß sie ein anderes Leben haben möchte, als ihre Mutter es gehabt hat. Ihre Mutter, deine Binder-Großmutter, ist im Kindbett gestorben. Sechs Kinder hat sie geboren. Die Kinder kamen eins nach dem andern wie die Orgelpfeifen. Deine Mutter war das fünfte Kind. Ihre Großmutter hat sie aufgezogen. Die Alte hat es nicht leicht gehabt mit sechs Kindern. Es waren aber alles gute Kinder.

Deine Mutter war ein besonderes Kind. Sie hat mehr dem Vater geähnelt. Von dem hatte sie auch das Künstlerische.

Ihr Vater, dein Binder-Großvater, hat für sein Leben gern Violine gespielt. Sein Vater, also dein Urgroßvater, war ein sehr reicher Landwirt. Die Felder bis zum Mehlseifen und bis zum Grigoriwald haben ihm gehört. Er hat die ersten Traktoren in der Gemeinde gehabt, und früher hat er die schönsten und stärksten Ochsen aus der ganzen Umgebung gehabt. Die großen Kirchenglocken hat er mit seinen Ochsen vom Bahnhof zur Kirche gebracht. Die ganze Gemeinde ist Spalier gestanden.

Von seinem großen Besitz ist nichts geblieben. Der Binder-Großvater hat alles heruntergewirtschaftet.

Sein Vater hat ihn nach Deutschland studieren geschickt. Er ist als Diplomlandwirt zurückgekommen. Aus Wien hat er

sich eine teure Violine mitgebracht, und auf der hat er die ganze Zeit über gespielt. Er hat das Zeug zum Bauern nicht gehabt, aber Violine spielen – das konnte er, das muß man ihm lassen.
Er vergaß alles um sich, wenn er spielte. Zu seiner eigenen Trauung ist er zu spät gekommen, weil er mit der Frau Weber, die kennst du nicht, musiziert hat. Sie spielte Klavier und er Violine, und dabei hat er vergessen, daß er zu seiner Hochzeit sollte. Die Eltern von deiner Binder-Großmutter waren ganz verzweifelt, so etwas ist ja noch nie vorgekommen in unserer Gemeinde. Deine Binder-Grisi war aber ruhig. Er spielt bestimmt Violine, hat sie gesagt. Und dann kam er auch schon, der Bräutigam, im Frack und mit Zylinder und mit der Violine unter dem Arm.
Wir haben irgendwo ein Bild von der Hochzeit der Binder-Großeltern. Das muß ich dir zeigen.

Die Grisi legte die gestopften Strümpfe beiseite und holte das Familienalbum. Auf der ersten Seite war das Hochzeitsbild von Peters Binder-Großeltern. Der k.u.k. Hofphotograph* Emil Fischer hatte das Bild gemacht.
Sie waren ein schönes Paar, sagte die Grisi.
Die Binder-Großmutter trug auf dem Bild ein langes, weißes Kleid und einen breitkrempigen Hut, der mit Blumen geschmückt war. In der Hand hielt sie weiße Handschuhe.
Der Binder-Großvater war einen Kopf größer als die Binder-Grisi. Er trug einen schwarzen Frack und einen Zylinderhut. Das Haar war über den Ohren ganz kurz geschnitten. Er

* kaiserlich-königlicher Hofphotograph, Ehrenbezeichnung aus der Zeit der österreichisch-ungarischen Monarchie

hatte lustige Jungenaugen. An dem riesigen, nach oben gezwirbelten Schnurrbart und an den Kleidern konnte man aber erkennen, daß er ein erwachsener Mann war.
Die Grisi erzählte weiter:

Als der Vater von deinem Binder-Großvater noch lebte, da haben sich beide um die Wirtschaft gekümmert. Nachdem der Alte gestorben war und als dann auch die Binder-Grisi starb, da hat sich der Binder-Großvater überhaupt nicht mehr mit der Landwirtschaft beschäftigt. Er hat seinen Grund schön langsam verkauft. Es waren schlechte Zeiten für die Landwirtschaft. Das war noch vor dem Ersten Weltkrieg.
Deinen Großvater hat nur eines interessiert: die Musik.
Wenn zum Beispiel ein Zigeuner vor seiner Tür musizierte und wenn deinem Großvater das Spiel gefiel, dann rief er den Mann ins Haus, öffnete seine Kleiderschränke und sagte: Wähl dir den Anzug aus, der dir am besten gefällt.
Du mußt dir vorstellen, es waren alles maßgeschneiderte Anzüge aus feinstem englischen Kammgarn.
Als die Nationalisierung* kam, hat dein Großvater nichts mehr gehabt außer der Violine. Er ist ja dann auch bald gestorben.
Nur deine Mutter, glaub ich, hat ihn verstanden. Er war ein komischer Christ, dein Binder-Großvater.
Ich muß immer an ihn denken, wenn ich Leder von dem alten Treibriemen abschneide. Der Treibriemen stammt aus seiner Molkerei. Der Binder-Großvater hat nämlich auch eine

* *Im sozialistischen Rumänien ging der private Besitz (Fabriken, Geschäfte, Banken usw.) in Staatseigentum über.*

Molkerei gehabt unten in der Au. Jetzt fällt mir grad ein, eure Halbschuhe müssen zum Doppeln*.

Die Grisi stieg auf den Dachboden und schnitt ein Stück vom Treibriemen ab. Dann packte sie die Schuhe der Kinder und das Leder in eine Tasche, und Doris mußte damit zum Schuster gehen.

Peter erinnerte sich an einen Sonntag, als die Mutter gesund war, als der Vater zu Hause war. Hanzi war noch nicht geboren.
Doris, Peter, die Mutter und der Vater machten einen Ausflug auf den Mehlseifen. Es war ein warmer Sommertag.
Oben auf dem Mehlseifen setzten sie sich in den Schatten eines Apfelbaumes. Der Vater holte die Mundharmonika aus dem Rucksack. Erst spielte er Kinderlieder und lustige Wanderlieder. Die Kinder und die Mutter sangen mit. Dann spielte der Vater traurige Lieder. Sein Lieblingslied war: Am Brunnen vor dem Tore.
Beim Spielen hielt er die Augen geschlossen.
Die Mutter fuhr mit den Händen leicht über ihren dicken Bauch.
Es bewegt sich, sagte sie.
Ihre Worte klangen wie ein Text zu dem traurig-schönen Lied, das der Vater spielte.
Er unterbrach sein Spiel und legte die Hand auf den Bauch der Mutter.
Vielleicht ist Frieden, bis das Kind kommt, sagte er leise.
Vielleicht, sagte die Mutter.

* *Besohlen*

Der Vater nahm die Mundharmonika und spielte weiter.
Das Dorf lag weit unten im Tal.
Die Luft zitterte von der Wärme. Es roch nach warmer Erde, nach trockenem Gras. Die Erde war gesprungen wie die rissige Haut von Peters Fußsohlen.
Die Klänge der Mundharmonika blieben in Peters Kopf, als der Vater in den Krieg zog, als er zur Zwangsarbeit mußte, als die Mutter starb.
Vielleicht waren es andere Klänge, die in seinem Gedächtnis blieben. Vielleicht war seine Erinnerung an jenen Sonntag nur die Erinnerung an das, was ihm die Grisi erzählt hatte.
Aber eines wußte Peter sicher: Der Sonntag auf dem Buckel des Mehlseifen war schön gewesen. Von seinen Eltern war ihm nicht viel mehr geblieben als dieser Sonntag.

5

Die Grisi teilte die Arbeit immer so ein, daß keiner zu kurz kam. Nur Hanzi mußte fast nichts tun, weil er noch klein war. Doris mußte die Schuhe zum Schuster tragen, und Peter mußte sie abholen.

Peter ging gern zum Schuster. Der Schuster wohnte in der Nachbarschaft. Er hieß Martin. Er wohnte mit seiner Halbschwester Resi im selben Raum, in dem auch die Schusterwerkstatt war.

Die Leute sagten, die Resi hätte den Schuster nicht heiraten lassen. Darum hatte der Martin keine Kinder. Er hatte Kinder aber gern, und sie durften alle Martin zu ihm sagen. Die Resi wollte aber, daß die Kinder *Herr Specht* zum Martin sagen. Er hieß nämlich Martin Specht. Das ging unmöglich, weil die Kinder an *Martin* gewöhnt waren.

Die Doris sagte, die Resi sei eine eingebildete Gans.

Aber die Resi war eigentlich nicht eingebildet. Sie meinte nur, ein anständiger Mensch, und das war der Schuster, auch wenn er nur noch Flickschuster war, ein anständiger Mensch muß mit *Herr* angesprochen werden von den Kunden.

Früher, in seiner Jugend, hatte der Martin selbst Schuhe hergestellt. Die Zeiten hatten sich aber geändert, und er bekam keine Bestellungen mehr. Die Leute kauften die Schuhe im Geschäft und brachten sie dann, wenn sie kaputt waren, dem Martin zum Reparieren.

In der Zeit nach dem Krieg mußte er viele Kunden unverrichteter Dinge wegschicken, weil er kein Leder hatte, um die Schuhe zu doppeln. Doris und Peter mußte er nie wegschicken, sie hatten das Leder vom Treibriemen aus Großvaters Molkerei.

Es kam vor, daß Peter die Schuhe abholen wollte, noch bevor sie repariert waren. Er setzte sich dann neben den Schuster und sah ihm bei der Arbeit zu.
Das Schustertischchen stand vor dem Fenster, und Martin saß auf einem niedrigen Schemel davor. Er trug eine große dunkle Gummischürze beim Arbeiten. Zu seiner Linken an der Wand stand ein Regal, das voll mit Schuhen war. Alle Schuhe waren sauber geputzt. Im Zimmer roch es nach Schuhwichse. Es roch auch nach Leim. Der Schuster kochte den Leim auf dem Ofen, und die Resi schimpfte, denn der heiße Leim stank fürchterlich.
Auf seinem Arbeitstisch hatte der Martin mehrere Schachteln, in denen allerlei drin war: Holznägel, Zwirne, Kreide, Nadeln, Ahlen in verschiedenen Größen. Der Leim stand auch da. Ein Schuh war auf den eisernen Leisten gezogen.
Schaust du, Junge, sagte der Schuster, ich hab ständig Besuch. Ich brauche gar nicht auf den Markt zu gehen, um die Neuigkeiten zu erfahren. Früher hat man gesagt: Alle Wege führen nach Rom. Jetzt kann man beruhigt sagen: Alle Wege führen zum Schuster.
Während er arbeitete, erzählte Martin gern Geschichten. Er hatte für jedes Kind eine Geschichte.
Für Hanzi erzählte er die Geschichte von den Schustermännchen.
Er erzählte die Geschichte so:

Weißt du, Bub, es war einmal ein Schuster, dem ging es genauso schlecht wie mir. Er konnte kein Leder kaufen, und er hatte kaum noch Kundschaft. Hie und da kam ein Kind aus der Nachbarschaft mit einem Paar Schuhe zum Flicken. Davon konnte der Schuster nicht leben. Vielleicht hätte er al-

lein davon leben können, aber er hatte ja auch eine Frau, und die mußte auch von etwas leben.
Dieser Schuster hat ganz großes Glück gehabt, wie ich es in meinem Leben nie haben werde.
Stell dir vor, es gelang ihm, Geld für ein Paar Schuhe zu sparen. Er kaufte das Leder, schnitt es zu, und weil er müde war, ließ er es über Nacht auf dem Schustertisch liegen. Und da passierte das Großartige: Um Mitternacht kamen zwei Heinzelmännchen, die von Beruf Schuster waren, also Schustermännchen, und machten aus dem Leder das herrlichste Paar Schuhe, das es jemals gegeben hat. Ich habe die Schuhe mit eigenen Augen gesehen. Es waren ganz herrliche Schuhe aus weichem braunem Leder. Ein Fabrikant aus Wilhelmstadt hat sie gekauft und einen guten Preis dafür bezahlt.
Dieses Geld reichte für ein größeres Stück Leder und für ein halbes Kilo Holznägel. Der Schuster kaufte Leder und Nägel, er schnitt das Leder zu und legte es abends wieder auf den Arbeitstisch.
Wie du dir denken kannst, Junge, standen am nächsten Tag zwei Paar herrliche Schuhe auf dem Tisch. Ein Paar davon hat der Bürgermeister von Wilhelmstadt gekauft und ein Paar dein Großvater.
Schau her, sagte der Schuster und hob einen Schuh in die Höhe, man sieht es diesem Schuh an, daß er schon bessere Tage erlebt hat. Was für ein weiches Leder!
Na ja, so war das mit dem Schuster. Er wurde sehr reich, denn die Schustermännchen arbeiteten jede Nacht für ihn. Er war sehr glücklich und zufrieden. Nur eines plagte ihn: die Neugier von seiner Frau. Die Frau wollte unbedingt wissen, wer dem Schuster half. Eines Nachts versteckte sie sich hinter einem Vorhang, um die Schustermännchen zu sehen. Die

entdeckten die Frau sofort. Sie ärgerten sich über soviel Neugier und kamen nicht mehr wieder.

Die Resi fühlte sich von dieser Geschichte angegriffen, obwohl sie nicht die Frau, sondern die Halbschwester vom Schuster war. Sie verbesserte den Martin und sagte, nicht die Frau sei es gewesen, die Mutter vom Schuster habe die Schustermännchen belauscht.
Der Martin lachte nur und sah nach seiner Arbeit.
Für Doris erzählte der Schuster keine Geschichten. Er sagte, sie sei schon zu groß dafür. Er neckte sie und fragte sie nach ihrem Hofierer. Doris wurde puterrot im Gesicht. Sie konnte die Späße vom Martin nicht leiden. Sie fühlte sich aber sehr erwachsen, weil der Martin dachte, sie hätte schon einen Hofierer. In Wirklichkeit hatte sie keinen.
Für Peter erzählte Martin Geschichten von früher.
Wenn es zu lange dauerte, bis Martin zu erzählen begann, wurde Peter ungeduldig.
Erzählst du mir heute nichts? fragte er.
Hab ich dir die Geschichte von den vier Türmchen auf dem Kirchturm erzählt? fragte Martin und begann, ohne die Antwort abzuwarten, zu erzählen:

Vor ungefähr sechshundertfünfzig Jahren haben unsere Vorfahren mit dem Bau der Kirche angefangen.
Die Türken sind immer wieder ins Land gekommen, und die Heimberger sind in ihre Kirchenburg geflüchtet. Nach den Türkeneinfällen haben sie sich meistens ziemlich schnell erholt und haben die Ringmauern um die Kirche noch höher gebaut. Die Kirche hatte schon damals zwei Ringmauern. Zwischen den Mauern, wo heute Blumenbeete und Spazier-

wege sind, da war früher Wasser. Die Feinde mußten also die erste Ringmauer stürmen, durch den Wassergraben schwimmen und die zweite Ringmauer erklettern.

Die Heimberger waren in ihrer Burg in Sicherheit, wenn die Belagerung nicht allzulange dauerte. Sie konnten es ziemlich lange in der Burg aushalten, denn sie hatten ihren Speck, das Fleisch, das Korn und den Wein in der Kirchenburg.

Im Speckturm, wo heute das Heimatmuseum ist, hatte jede Familie ihre Speckseiten. Wenn nun die Hausfrau ein Stück Speck gebraucht hat, ist sie mit dem Speckmesser in die Kirchenburg gegangen und hat sich ein Stück abgeschnitten. Dann hat sie das Familiensiegel auf die frische Schnittfläche gedrückt und ist nach Hause gegangen.

Wenn sich der Feind dem Ort näherte, zündeten die Wächter auf den umliegenden Bergspitzen Feuer an und gaben so Nachricht von der nahenden Gefahr. Die Leute ließen dann alles liegen und flüchteten in die Burg. Die Türken und die Tataren verwüsteten die Höfe, oft zerstörten sie die Ernte, und nach einiger Zeit zogen sie sich zurück. Unsere Leute bekämpften sie aus der Burg mit Feuerwaffen.

Aus der Kirchenburg gab es unterirdische Gänge, die ins Freie führten. So war man von der Außenwelt nicht ganz abgeschnitten und konnte Kundschafter empfangen und ausschicken.

Gegen Ende des sechzehnten Jahrhunderts haben die Heimberger ihren Kirchturm neu gebaut. Der große Turm hat vier Seitentürmchen dazubekommen, und oben auf der Spitze wurde ein vergoldeter Knopf angebracht.

Nun hat aber dieser stolze Kirchturm den Wilhelmstädtern gar nicht gefallen. Besonders der goldene Knopf war ihnen ein Dorn im Auge. Unsere Gemeinde war damals ein reicher

Marktflecken und hatte das Recht, zweimal im Jahr Markt abzuhalten. Die Dorfleute hatten aber keine politischen Rechte. Sie waren abhängig von Wilhelmstadt. Daß sie ihren neuen Kirchturm mit vier Seitentürmchen nach dem Vorbild des Wilhelmstädter Turms geschmückt hatten, das war ein Zeichen von Ungehorsam.
Der Wilhelmstädter Stadtrat verlangte, daß die Seitentürmchen an unserem Kirchturm abgetragen würden. Die Heimberger aber wollten nichts davon wissen. Sie haben die Verhandlungen um die Türmchen in die Länge gezogen, sie haben gekämpft und gebettelt, bis sie die Türmchen behalten durften. Freilich mußten sie versprechen, der Wilhelmstädter Obrigkeit in keiner Weise zu trotzen.
Wenn du aber glaubst, Junge, daß die Türmchen erhalten geblieben sind, dann irrst du dich. Noch zweimal ist der Kirchturm abgebrannt. Die Blitze haben in ihn eingeschlagen, die Korn- und Fleischkammern sind in Flammen aufgegangen. Im Jahr 1795 wurde der erste Blitzableiter Siebenbürgens nach der neuesten Methode des Herrn Doktor Reimarus aus Hamburg an unserem Kirchturm angebracht. Darauf können wir stolz sein, Junge.

Feierabend, sagte die Resi.
Der Schuster nahm die Gummischürze ab und wusch sich in der Waschschüssel. Die Resi schüttete ihm warmes Wasser über die Hände. Sie drehte das Licht an.
Peter erhob sich vom Hockerl und machte sich auf den Heimweg. Im Hof blieb er stehen und schaute durch das erleuchtete Fenster in die Wohnung des Schusters. Es sah aus, als würden der Schuster und seine Frau die zugeschnittenen Teile für neue Schuhe auf das Tischchen legen. Peter stellte

sich vor, die beiden gingen dann zu Bett, und des Nachts kämen die Schustermännchen und tanzten auf dem Tischchen vor dem Fenster.
Die Resi aber zog den Vorhang zu.
Peter ging nach Hause.

6

Es ist Zeit, daß die Kartoffelernte kommt, sagte die Grisi. Im Keller waren nur noch wenige Kartoffeln, und die hatten Triebe. Der Großvater ging in den Keller, um die Kartoffeln von den Trieben zu putzen. Peter ging mit.
Draußen war es heiß. Im Keller war es angenehm kühl. Die Kartoffeln rochen muffig. Einige waren verfault.
Peter und der Großvater saßen auf umgekippten Kistchen neben den Kartoffelhorden. Eine Zeitlang arbeiteten sie schweigend. Dann sagte Peter: Erzähl mir die Geschichte vom Räuber.
Die hab ich dir ja schon so oft erzählt, entgegnete der Großvater.
Wenn du keine andere kennst, sagte Peter.
Und der Großvater erzählte die Geschichte vom Räuber:

An einem Abend im November hat der Wind ganz unheimlich geblasen, und grad an dem Abend hatte meine Großmutter vergessen, rote Zwiebeln für das Abendessen aus dem Keller zu holen.
Du, Hans, hat sie zu meinem Großvater gesagt, ich hab keine roten Zwiebeln aus dem Keller geholt. Sei so gut und geh du in den Keller. Du bist besser auf den Beinen als ich.
Der Großvater hat etwas gebrummt von der Vergeßlichkeit der Weiber und ist in den Keller gegangen. Er hat kein Licht mitgenommen, denn im Keller hat er sich auch im Dunkeln so gut ausgekannt wie in seiner eigenen Hosentasche.
Im Vorkeller hat er ein komisches Geräusch gehört. Hinter der Kellertür war etwas. Mein Großvater hat die Hand ausgestreckt und in einen Haarschopf gegriffen. Er hat gleich

gewußt, daß es ein Räuber war. Er hat dem Räuber den Kopf gestreichelt und hat gesagt: Du armes Katzenvieh, hast du auch ein warmes Plätzchen gefunden.
Der Räuber hat nichts gesagt und ist ganz still gestanden. Der Großvater ist in den Keller gegangen, hat die Zwiebeln geholt, hat dann noch pis-pis zum Räuber gesagt, so als wollte er die Katze locken. Dann ist er aus dem Vorkeller hinausgegangen, hat die Tür zugesperrt und hat die Nachbarn zu Hilfe gerufen. Sie haben den Räuber gefangen und der Polizei übergeben.

Ist das hier in diesem Keller passiert? wollte Peter wissen.
Ja, sagte der Großvater.
Glaubst du das auch? fragte Peter.
Etwas wird schon dran wahr sein, sagte der Großvater. Du vergißt ja beim Zuhören das Arbeiten. Und jetzt fällt mir grad noch eine Geschichte von meinem Großvater ein.
Peter griff sich eine Kartoffel.
Erzähl, sagte er, und der Großvater erzählte:

Mein Großvater, das ist also dein Ururgroßvater, hat mir noch eine andere Geschichte erzählt. Sein Vater, das ist mein Urgroßvater, war Notar hier bei uns in der Gemeinde. Sein größter Stolz sind seine beiden Pferde gewesen: der Bator und der Bubi. Die Pferde haben ungarische Namen gehabt, denn damals hat Siebenbürgen noch zu Österreich-Ungarn gehört.
Jeden Freitag ist mein Urgroßvater zu seinem Freund, dem Notar von Schellenberg, Kartenspielen gefahren. Er hat den Bator und den Bubi vorgespannt und ist im Winter immer schon am frühen Nachmittag losgefahren.

Einmal ist der Winter besonders hart gewesen. Dicker Schnee hat alles zugedeckt, und der Frost hat lange angehalten. Die Wölfe sind bis an den Rand der Gemeinde gekommen, und in der Nacht haben sie geheult, daß es einem durch Mark und Bein gegangen ist.
Mein Urgroßvater wollte trotz der Kälte zu seinem Freund fahren.
Als er den Bator und den Bubi vor den Schlitten gespannt hat, sagte meine Urgroßmutter: Nimm doch Vernunft an und bleib zu Haus. Das ist ja eine Kälte, bei der man nicht einmal einen Hund auf die Gasse schickt. Die Fahrt ist zu gefährlich. Die Wölfe sind ausgehungert.
Ich hab ja den Bator und den Bubi, hat mein Urgroßvater gesagt, die nehmen es mit einer ganzen Wolfsmeute auf.
Dann ist er losgefahren. Die Flinte hat er mitgenommen.
Den ganzen Nachmittag hat er Karten gespielt. Sein Freund, der Notar von Schellenberg, wollte ihn über Nacht in seinem Haus behalten, mein Urgroßvater aber wollte wie jedesmal nach Hause fahren.
Die Nacht ist hell gewesen, und der Schnee hat geleuchtet. Als sich der Großvater dem Birkenwäldchen genähert hat, das auf halbem Weg zwischen Schellenberg und unserer Gemeinde liegt, da sind der Bator und der Bubi unruhig geworden. Der Urgroßvater hat im Dunkel des Waldes nichts gesehen. Er hat nach der Flinte gegriffen. Sie war nicht geladen, und Patronen hat er auch keine gehabt. Im Schlitten waren nur ein paar Stück Holz und eine Decke.
Der Bator hat vor Entsetzen gewiehert, aber der Urgroßvater hat noch immer nichts gesehen. Erst als er ganz nah am Wäldchen gewesen ist, hat er lauter leuchtende Kerzen am Waldrand gesehen. Es waren die Augen der Wölfe. Wie

viele es gewesen sind, hat er nicht feststellen können. Der Urgroßvater hat laut zu schreien begonnen. Für einen Augenblick haben sich die Wölfe zurückgezogen. Die Pferde sind entsetzt an ihnen vorbeigesprengt, und die Wölfe haben sich an ihre Fersen geheftet. Der Urgroßvater hat das Holz genommen und es den Verfolgern entgegengeschleudert. Mehrere Wölfe haben gejault. Wahrscheinlich hat sie ein Stück Holz getroffen. Verzweifelt hat der Urgroßvater nach etwas gesucht, was er den Wölfen hätte entgegenwerfen können. Der Bator und der Bubi sind um ihr Leben gerannt.

Dem Urgroßvater ist eingefallen, daß er Zünder in der Tasche hatte. Er hat die Decke angezündet, in die er sich beim Fahren die Füße eingewickelt hatte. Die brennende Decke hat er vor die Wölfe geworfen. Das Feuer ist aber erloschen, noch bevor die Decke bei den Wölfen angekommen ist. Die Wölfe haben ein wenig gestutzt, aber sie haben sich nicht in die Irre führen lassen. Der Urgroßvater hat seinen Schafspelz ausgezogen und hat ihn mit Müh und Not angezündet. Der Schafspelz hat lichterloh gebrannt, als der Urgroßvater ihn vor die Wölfe geworfen hat. Die Wölfe sind stehengeblieben. Sie waren am Rand der Gemeinde angekommen. Kurz darauf haben der Bator und der Bubi vor unserem Tor gehalten. Der Urgroßvater hat das Tor geöffnet, und die Pferde sind in den Hof gerast. Vor dem Stall sind sie stehengeblieben. Sie haben am ganzen Leib gezittert.

Der Urgroßvater hat die Pferde ausgespannt, hat Decken auf ihre nassen Rücken gelegt, und erst als sich die Pferde im Stall beruhigt hatten, ist er ins Haus gegangen. Er war ganz verschwitzt und hat auch am ganzen Leib gezittert.

Der Bator und der Bubi haben mir das Leben gerettet, hat er zu meiner Urgroßmutter gesagt.

Von da an hat er zeit seines Lebens an kalten Winterabenden keine Pferde mehr vor den Schlitten gespannt.

Als Peter und der Großvater nach getaner Arbeit den Keller verließen und in die Wohnung gingen, saß der Lori in der Küche bei der Grisi.
Die Grisi hatte Bertram* aus dem Garten geerntet. Sie hatte ihn gewaschen, und nun pflückte sie die zarten Blätter von den Stengeln, um sie in Essig einzulegen. Im Winter würde die Grisi Bertramsuppe kochen. Bertramsuppe mit weißen Bohnen, mit Kartoffeln oder mit Reis.
Der Lori wartete auf den Großvater. Der Großvater wusch sich umständlich die Hände und setzte sich neben den Lori an den Tisch.
Was gibt es Neues, Lori? fragte der Großvater.
Immer das Alte, Nachbar, entgegnete der Lori.
Was bringt dich zu uns?
Ich hab mir gedacht, sagte der Lori, wir sollten Samstag/Sonntag mit der ganzen Nachbarschaft an den Zoodt fahren. Was meint ihr dazu?
Das ist ein guter Gedanke, sagte die Grisi. Ich würd aber am liebsten zu Haus bleiben. Wenn du die Kinder mitnimmst, tust du mir einen großen Gefallen. Ich bin so müd in letzter Zeit. Ich geh auf die Siebzig zu, und mit drei Kindern hab ich es auch nicht leicht.
Meine Frau hat recht, sagte der Großvater. Ein ruhiger Tag wird uns guttun.
Bald darauf verabschiedete sich der Lori.
Peter lief mit der Neuigkeit auf die Gasse.

* *Estragon*

Der Ausflug mit dem Lori war für Peter und die Kinder aus der Nachbarschaft das großartigste Ereignis im Jahr.
Der Lori hatte sein Geschäft aufgeben müssen. Die Zeiten hatten sich geändert. Ganz aufgeben konnte der Lori das Geschäftemachen aber nicht. Er handelte nun nicht mehr mit Decken und Stoffen, sondern mit Steinen und Sand.
Am Bäresbach und am Silberbach gab es genug Sand und Steine. Nach dem Krieg wurde Altes repariert, und auch Neues wurde gebaut. Der Bedarf an Sand und Schotter war groß.
Der Lori hatte zwei Pferde und mehrere Wagen.
Er arbeitete schwer mit den Pferden.
Am Sonntag aber spannte er die Pferde vor die Kutsche und fuhr mit seiner Frau ins Grüne.
Wenn der Lori wochentags von der Arbeit kam, dann mußte seine Frau springen und das Tor öffnen. Der Lori stieg nicht vom Wagen ab. Er rief vor dem Tor laut: Mitzi!, und seine Frau, die Mitzi, kam so schnell sie konnte und öffnete ihm das Tor.
Am Fluß war der Lori ein Arbeiter geworden, zu Hause war er noch immer der Herr.
Wenn die Jungen auf der Straße Völkerball spielten, mußten sie Platz machen, wenn ein Wagen kam. Wenn der Lori kam, öffneten sie ihm das Tor.
Einmal in jedem Sommer lud der Lori die Nachbarn mit Kind und Kegel zu einer Fahrt ins Grüne ein. Dann saß der Lori vorne auf dem Kutschbock, und neben ihm saß seine Frau. Auf den Hintersitzen saßen zwei Großmütter aus der Nachbarschaft, und in der Scharigl* im Heu, das für die

** in Siebenbürgen: hinterster Teil der Kutsche, in dem das Heu für die Pferde mitgenommen wird*

Pferde mitgenommen wurde, saßen Hanzi, Peter und Franz, Loris Neffe.
Der Lori und seine Frau hatten keine Kinder. Sie hatten ein Mädchen gehabt, das war von Anfang an kränklich gewesen, und als es vier Jahre alt war, starb es. Darum saßen beim Lori in der Kalesche der Franz und die Nachbarskinder.
Der begehrteste Platz in der Kalesche war für die Kinder die Scharigl. Peter hatte heimlich Angst, die Scharigl könnte während der Fahrt abbrechen, aber um nichts in der Welt hätte er seinen Platz an ein anderes Kind abgetreten.
Die Kalesche holperte über die Straße. Der Regen hatte den Weg ausgewaschen. Die Straße war schlecht. Hinter der Kalesche fuhr der Planwagen. Der Planwagen gehörte auch dem Lori. Die Pferde davor gehörten seinem Schwager, den alle in der Gemeinde den Blaser nannten.
Der Blaser hieß schon seit seiner Schulzeit so, weil er einmal, während ihm der Lehrer den Hintern versohlte, vor der ganzen Klasse einen Furz gelassen hatte. Der Lehrer hat ihn dann nicht mehr weiter geprügelt, weil es in der direkten Umgebung vom Blaser gestunken hat. Jeder in der Gemeinde kannte diese Geschichte, und die Frau vom Blaser, die Blaserin, schämte sich auch nach so vielen Jahren noch immer wegen dem öffentlichen Furz ihres Mannes.
Der Blaser kutschierte den Planwagen. Auf den Wagen waren Tische, Bänke, Rucksäcke, Weinflaschen, Decken und noch vieles andere aufgepackt. Am Rand des Wagens saßen die Kinder aus der Nachbarschaft.
Der Blaser fuhr langsam.
Hinter dem Wagen gingen in einigem Abstand die Nachbarsleute. Sie marschierten und sangen Wanderlieder. Manchmal blieben sie stehen und sangen auf der Stelle, denn sie

wollten dem Wagen nicht zu nahe kommen. Die Straße war arg staubig.
Peter reckte den Hals aus der Scharigl und sah zu den Kindern auf dem Planwagen. Der Blaser erzählte den Kindern etwas, die Kinder lachten. Die Blaserin schimpfte mit ihrem Mann, sie sagte, er sei ein alter Esel. Da lachten die Kinder noch mehr.
Plötzlich hielt der Lori die Pferde an. Der Planwagen fuhr nahe an die Kalesche heran, die Wandernden näherten sich dem Planwagen.
Sie waren am Hinterbach angekommen.
Ich bleib hier, sagte der Lori. Für mich ist der Hinterbach tief genug. Ich lege mich einmal auf den Bauch und einmal auf den Rücken, und ich hab gebadet.
Der Lori konnte nicht schwimmen.
Die Frau vom Lori und die andern wollten aber weiter. Der Hinterbach hatte gerade so viel Wasser, daß es dem Lori bis an die Knie gereicht hätte.
Die Nachbarn wollten im Zoodt schwimmen. Im Zoodt konnte man ein Wehr bauen, hinter dem das Wasser tief genug war zum Schwimmen.
Die Nachbarn, vor allem die Frauen, redeten so lange auf den Lori ein, bis er *Hü, Marta! Hü, Berta!* rief und weiterfuhr.
Der Weg ging im Tal an sanften Hügeln entlang. Das Gras unter den Obstbäumen war noch nicht gemäht. Tausend Blumen blühten. Schmetterlinge flogen von Blume zu Blume.
Die Luft war warm. Sie roch nach blühenden Wiesen, nach grünem Obst und nach reifenden Schlehen.
Auf dem Weg begegneten die Nachbarn vielen Wanderern.
Fast die ganze Gemeinde war unterwegs ins Grüne.

Nach einer Stunde Weg kam die Gesellschaft am Zoodt an. Die Stelle, an der sie bleiben wollten, hieß Pulvermühle. Früher soll es hier eine Mühle gegeben haben. Nur der Name war von ihr übriggeblieben.
Etwas weiter unten war das Wasser seicht. Da wollte der Lori den Fluß überqueren. Die Kinder mußten aus der Kutsche steigen. Auch die Frau vom Lori stieg ab. Der Lori fuhr mit der Kalesche durch den Fluß. Das Wasser spritzte nach allen Seiten. Der Lori schrie auf die Pferde ein, die Pferde zogen kräftig, und der Lori war am anderen Ufer.
Die Kinder, die Frauen und die Männer zogen sich die Schuhe aus und wateten durch das Wasser. Die Frauen schürzten die Röcke, die Männer machten Witze, alle lachten.
Die Kinder getrauten sich erst nicht ins Wasser. Es war ziemlich tief und schneidend kalt.
Los, ihr Angsthasen, rief die Mitzitante.
Peter nahm Hanzi an der Hand.
Die Steine am Ufer waren glitschig. Die Kinder traten vorsichtig von einem Stein auf den andern.
Das Wasser reichte Hanzi in der Flußmitte fast bis an den Bauch. Die Beine taten ihm von der Kälte weh.
Gleich sind wir drüben, tröstete ihn Peter.
Als sie aus dem Wasser stiegen, spannte der Lori die Pferde aus. Auch der Blaser hatte die Pferde ausgespannt. Die anderen Männer stellten die Tische und die Bänke auf.
Der Blaser setzte sich in die Kalesche auf den Kutschbock. Auf den Platz vom Lori.
Hier werd ich essen, verkündete er vom Kutschbock herab. Ich will auch einmal auf dem Herrenplatz sitzen. Dies ist die einzige Gelegenheit dazu.

Blaser, komm zum Essen! rief der Lori.
Der Blaser blieb sitzen.
Der Lori nahm ein Brotscherzel* und einen Wurstzipfel und warf sie in die Kalesche. Der Blaser fing alles geschickt auf. Jemand warf ihm eine Zwiebel zu, und der Blaser aß seelenruhig auf dem Kutschbock.
Die andern kauten und lachten, lachten und kauten, und der Blaser wünschte ihnen von oben herab eine gesegnete Mahlzeit. Manchmal drückte er sich sehr gewählt aus, der Blaser. Die Kinder hätten am liebsten auch in der Kalesche gegessen. Aber die Mütter, Tanten und Großmütter erlaubten es nicht. Die Grisi war nicht mit, aber Peter getraute sich doch nicht, in die Kalesche zu steigen, weil die anderen Kinder es nicht durften. Die Blaserin sagte, ihr Mann sei kein gutes Beispiel für die Kinder.
Der Lori schenkte Wein ein.
Du hast bestimmt auch Durst, sagte er zum Blaser und tat so, als ob er ihm ein volles Weinglas in die Kalesche werfen wollte. Das Glas hielt er fest, nur der Wein erreichte den Blaser.
Die Frauen quietschten vor Vergnügen, die Männer grölten, die Kinder hielten sich die Bäuche vor Lachen. Der Blaser blieb völlig ruhig. Er stieg würdevoll aus der Kalesche und sagte vorwurfsvoll: So gut ist dein Wein, Lori, daß du ihn wegschüttest!
Er goß sich ein Glas Wein ein, kostete ihn und sagte sehr ernst: Also so schlecht ist er nicht! Man kann ihn trinken.
Alle hielten sich daran: Der Wein wurde getrunken.
Am Abend fuhr der Lori mit seiner Frau und mit zwei Groß-

* *einen Brotkanten*

müttern zurück in die Gemeinde. Er wollte bequem in seinem eigenen Bett schlafen und am Morgen wiederkommen. Die andern Ausflügler übernachteten in einer Scheune in der Nähe des Flusses.
Für die Kinder gab es nichts Schöneres, als im Heu zu übernachten. Als es zu dunkeln begann, stiegen sie mit den Frauen auf den Heuboden. Sie wühlten sich mit den Decken ins Heu ein. Die Nächte waren kühl. Sie mußten sich gut in die Decken wickeln, denn das Heu stach. Es war Heu von diesem Jahr.
Die Männer saßen beim Feuer vor der Scheune, tranken Wein und erzählten sich Anglergeschichten.
Der Blaser war nämlich ein leidenschaftlicher Angler. Er hatte sein Angelzeug mitgebracht und wollte in aller Herrgottsfrüh Forellen fangen gehen.
Die Kinder im Heu erzählten sich Witze und Gruselgeschichten. Sie waren so laut, daß der Blaser ein Machtwort sprechen mußte. Er versprach von unten: Ich versohl euch den Hintern, wenn ihr jetzt nicht ruhig seid! Man kann ja hier unten nicht mal sein eigenes Wort verstehen.
Das Ergebnis war, daß die Kinder neugierig wurden auf das Gerede der Männer. Nach einigem Gekicher wurde es still im Heu. Die kleineren Kinder schliefen ein, die größeren lauschten der Geschichte, die der Blaser gerade erzählte.
Er erzählte sie mit lauter Stimme, wahrscheinlich weil er seine Zuhörer und auch sich selbst von der Wahrheit der Geschichte überzeugen wollte.

Gut, daß die Frauen schlafen, die verstehen nichts vom Angeln. Meine Maritz versteht nach dreißig Ehejahren noch immer nichts davon.

Man denkt immer, das Angeln ist ein stilles Geschäft. Das ist es auch meistens. Es hängt nur davon ab, wo man angelt.
Am vergangenen Donnerstag hab ich am Lauterbach geangelt, bei der Brücke gleich hinter Kleinau. Der Lori und der Franz haben mir zugesehen. Ich bin auf der Brücke gesessen und hab die Angel ausgeworfen. Da ist unter der Brücke eine fesche junge Bäuerin herausgekommen mit Wäsche im Korb. Mein Angelhaken hat sich grad im Rock von der Frau verfangen. Das hab ich zuerst gar nicht gemerkt. Ich hab der Bäuerin zugesehen, wie sie den Korb abgestellt hat und wie sie das Waschbrett genommen hat. Kräftige schöne Arme hat sie gehabt. Sie hat sich über die Wäsche gebückt und angefangen zu waschen.
Ich hab gedacht, jetzt gehst du auch an deine Arbeit, und hab an der Angelschnur gezogen. Der Rock von der Bäuerin ist zu meinem großen Erstaunen hochgegangen. Der Lori hat dem Franz die Augen mit der Hand verdeckt und ihm zugeflüstert: Franzl, wegsehen! Das verdirbt dich nur! Das ist nichts für Kinder!
Ich hab die Angelschnur gleich locker gelassen. Der Rock ist wieder heruntergegangen. Die Bäuerin hat sich vom Waschen aufgerichtet, hat sich umgeschaut und nichts gesehen. Das ist eine Weile so gegangen, bis sie die Angelschnur erwischt hat.
Wie das Weibsbild getobt hat, das könnt ihr euch gar nicht vorstellen. Mit ihrem Geschrei hat sie alle Fische vertrieben, und darum hab ich am Donnerstag nichts gefangen. Ich bin mit leeren Händen nach Hause gekommen.

Die Mitzitante rief aus dem Heu: Blaser, du Unschuldsengel! Warum sagst du nicht, daß die Bäuerin vor dir am Bach war

und daß du dich auf die Brücke gesetzt hast und den Angelhaken speziell nach ihrem Rock ausgeworfen hast? Alter schützt vor Torheit nicht!
Der Blaser machte ein kummervolles Gesicht: Ich hab euch ja gesagt, die Frauen verstehen nichts vom Angeln.
Bald darauf gingen auch die Männer schlafen. Nur der Blaser blieb wach. Er sollte die Scheune bewachen und vor Dieben schützen. Er hatte die Angel geschultert und ging vor der Scheune auf und ab. Er war sehr lang, der Blaser, sein Schatten im Mondschein war noch länger. Er sah unheimlich aus. Der Lori sagte, der Blaser eigne sich vom Aussehen her vortrefflich als Vogelscheuche. Auf jeden Fall war er der geeignetste für die Wache vor der Scheune: einmal wegen der Länge und einmal wegen seinem Gesicht.
Der Blaser hatte nämlich ein Gesicht mit tausend Runzeln. Er konnte die vielen Fältchen nach Belieben bewegen. Meistens war er todernst, daß man Angst vor ihm bekommen konnte, und dann erzählte er Geschichten wie die von der Bäuerin. Der Blaser erzählte eine Geschichte mit Worten, und mit dem Gesicht erzählte er sie noch einmal.
Es wäre für einen Dieb bestimmt nicht angenehm gewesen, den Blaser auf seinem nächtlichen Rundgang um die Scheune anzutreffen.

Peter und Doris konnten nicht einschlafen. Hanzi lag zwischen ihnen. Er schlief und rutschte im Schlaf aus der Decke ins Heu. Die Geschwister hatten Angst, Hanzi könne vom Heuboden fallen. Sie zogen ihn wieder hoch auf die Decke. Hanzi schlief fest wie ein Sack.
Peter sah durch ein Loch im Schindeldach hinaus. Die Landschaft war in ein gespenstisches helles Licht getaucht, und in

dem Licht entfernte sich eine lange, hagere Gestalt von der Scheune.
Peter kroch ins Heu.
Als er am Morgen aufwachte, schlief Hanzi zu seinen Füßen.
Durch die Ritzen im Schindeldach fiel Licht auf den Heuboden. Staubkörnchen flimmerten in den schmalen Lichtstreifen.
Ein Kind nach dem anderen wachte auf.
Peter weckte Hanzi. Doris war schon am Fluß.
Als Peter aus der Scheune auf die Wiese kam, saß der Lori schon am Frühstückstisch. Die Frauen richteten das Essen. Der Blaser war nicht zu sehen.
Hat der Pitzonkel etwas gefangen? fragte Peter die Maritztante.
Für die Kinder war der Blaser nämlich der Pitzonkel.
Der Blaser hatte fünf Forellen gefischt. Nun schlief er auf einer Decke in der Sonne.
Die Blaserin schlitzte den Forellen die Bäuche auf, holte die Därme heraus, dann schabte sie die Schuppen mit einem stumpfen Messer von den glitschigen Leibern. Den Kopf und die Flossen ließ sie dran.
Die Mitzitante panierte die Fische und buk sie in einer Pfanne auf offenem Feuer.
Die Forellen lagen appetitlich auf dem Teller, und der Blaser schlief noch immer.
Die Maritztante löste ein Stückchen Fleisch vom Rückgrat der kleinsten Forelle. Der Pitz sagt immer, die kleinen Forellen sind schmackhafter als die großen, sagte sie.
Der Lori nahm auch ein Stückchen von der kleinen Forelle und zum Vergleich auch ein Stückchen von der größten. Die Mitzitante kostete auch von beiden Forellen, sie kosteten

alle nur ein bißchen, und zum Schluß lagen fünf säuberliche Forellenskelette mit Kopf und Flossen auf dem Teller nebeneinander.
Die Frau vom Lori panierte vorsichtig die Skelette, und als die Fliegen den Blaser nicht mehr schlafen ließen, lagen die fünf panierten Skelette goldbraun gebraten auf dem Teller.
Der Blaser betrachtete sein mageres Frühstück mißbilligend. Er wendete die kleinste Forelle argwöhnisch auf dem Teller und hatte plötzlich nur das Rückgrat in der Hand. Da legte er los, er habe es ja gewußt, die Frauen seien zu nichts gut, das ganze Fleisch hätten sie weggeschmissen, nicht einmal einen Fisch könnten sie putzen. Dann schwieg er einen Augenblick – es sah aus, als würde er angestrengt nachdenken – und sagte: Im Grunde genommen ist es gut so, wie es ist. Es waren keine gesunden Forellen. Irgendein niederträchtiger Kerl hat Karbid in den Fluß geworfen, die Forellen trieben alle mit dem Bauch nach oben. Ich hab heut nacht nichts gefischt, es war weit und breit keine Forelle zu sehen außer denen mit dem Bauch nach oben. Ich hab für unsere Katze fünf Stück eingesammelt. Ein anderes Mal laßt die Finger von den Fischen. Die Schuppen gehen ganz leicht ab, wenn man sie in der Richtung vom Schwanz zum Kopf abschabt.
Das sagte der Blaser und ging an den Fluß sich waschen.
Die Frau vom Lori war ganz blaß geworden, noch während der Blaser redete.
Die Fische waren schlecht, mir ist so übel, stöhnte sie.
Red dir das nur nicht ein, Mitzi, sagte die Maritztante. Die Forellen waren gut. Ich kenn mich aus. Sie haben ja noch die Spur vom Angelhaken im Maul gehabt. Kennst du den Pitz noch immer nicht?

Nun lachten alle. Nur bis die Mitzitante wieder lachen konnte, dauerte es noch ein Weilchen. Der Blaser hatte ihr den Magen verdorben.

Nach dem Frühstück gingen alle an den Fluß. Frauen, Männer und Kinder bauten aus Steinen und Erdklumpen ein Wehr.

Das gestaute Wasser reichte Peter bis an die Brust.

Peter schwamm wie ein Hund. Er kraulte, ließ sich vom Wasser tragen. Das Wasser schwemmte ihn in der Nähe des Wehrs ans Ufer. Er hatte allein schwimmen gelernt.

Der Lori kam als letzter an den Fluß. Er trug eine weiße, von seiner Frau genähte Leinenunterhose, an der man noch die Spuren der Bügelfalten sah. Die Unterhose reichte ihm fast bis an die Knie. Sein Oberkörper war nackt.

Frau! rief der Lori in das Geschrei der Kinder und in das Getöse des Wassers hinein. Wo ist meine Badehose?

Seine Frau, die Mitzitante, kam sofort gelaufen.

Wo ist sie? Wo kann sie sein? Wenn sie nicht hier ist, kann sie nur zu Hause sein, sagte sie.

Du hast meine Badehose zu Hause gelassen, sagte der Lori streng. Jetzt bad ich in deiner Badehose, und du badest in deiner Unterhose.

Die Mitzitante mußte dem Lori ihre Badehose geben. Der Lori verschwand in die Büsche und kam bald in seiner neuen Badehose hervor. Sie hatte eine ganz andere Form als die Badehose von der Mitzitante, denn der Lori war viel dicker als seine Frau. Auch in der Farbe erinnerte sie nur blaß an die Hose, mit der er in die Büsche verschwunden war.

Der Lori stieg ins Wasser, aber es war ihm eigentlich nicht so recht danach, denn das Wasser war sehr kalt.

Doris stand neben dem Lori.
Na, was ist, sagte der Lori, kannst du nicht schwimmen?
Im selben Augenblick kippte er Doris um, packte sie an der Badehose und sagte: Na, schwimm, sonst lernst du es nie!
Doris brüllte wie am Spieß. Sie schlug mit Händen und Füßen um sich. Der Lori hielt sie an der Badehose fest.
Lori, laß das Mädel in Ruh, rief die Mitzitante.
Peter stand am Ufer. Er hätte Doris gern geholfen, aber er getraute sich nicht, es mit dem Lori aufzunehmen.
Der Lori ließ Doris los. Die Strömung nahm sie mit, und die Tanten fingen das heulende Mädchen vor dem Wehr auf.
Als die Badenden genug vom kalten Wasser hatten, legten sie sich in die Sonne. Die Kinder liefen am Flußufer entlang.
Hanzi saß am Rand eines Tümpels und ließ flache Steine über die Wasseroberfläche sausen. Er war nicht sehr geschickt. Peter und die anderen Jungen konnten es viel besser. Die Steine hüpften über das Wasser.
Unter einem breiten Blatt am Ufer des Tümpels hockte ein Frosch. Hanzi gelang es, ihn zu fangen.
Peter wußte sofort, wozu der Frosch gut war. Er nahm ihn und lief zurück zur Wiese, wo sich die Tanten und Onkel sonnten.
Der Lori war gerade aufgestanden, um sich ein bißchen die Füße zu vertreten. Peter schlich sich an ihn heran. Die Frauen sahen ihn kommen, sagten aber nichts.
Der Lori erzählte den Frauen etwas.
Peter blieb hinter einem Schlehenbusch stehen und hörte zu.

Der Blaser hat in seiner rechten Handfläche ein Zeichen, erzählte der Lori. Ein kleines Zeichen. Er sagt, die Maritz hätte ihn so gekratzt, daß ihm eine Narbe geblieben ist. Das

stimmt gar nicht, das hat der Blaser erfunden. Ich kann euch erzählen, wie er zu dem Zeichen gekommen ist. Wie ihr wißt, hat der Blaser mehrere Bienenstöcke im Garten. Er ist ein begeisterter Imker. Auf den Totenkopfschwärmer hat er einen großen Haß, weil der ihm die Bienen frißt.
Vor einiger Zeit habe ich in meinem Garten einen Totenkopfschwärmer gefangen, und ich hab ihn am Scheunentor aufgespießt, weil ich ihn dem Franzl zeigen wollte. Der Franzl hat noch nie einen Totenkopfschwärmer gesehen.
Ausgerechnet an dem Tag und zu der Stunde kommt der Blaser mich besuchen. Meine Frau schickt ihn zu mir in den Garten.
Der Blaser sieht den Totenkopfschwärmer am Scheunentor, ich hör ihn etwas murmeln, und dann schreit er wie am Spieß.
Jetzt hab ich dich, hat der Blaser zum Totenkopfschwärmer gesagt und hat mit aller Kraft zugeschlagen. Die Nadel, auf die ich den Bienenmörder aufgespießt hatte, ist ihm durch die Hand gegangen. Der Blaser hat gebrüllt und getobt. Die Mitzi ist erschrocken aus dem Haus gerannt gekommen. Endlich hat der Blaser stillgehalten, und ich hab ihm die Nadel aus der Hand gezogen.
Der Blaser hat gemeint, ich sei ein elender Hund, ich hätte den Totenkopfschwärmer, seinen Feind, absichtlich ans Tor gespießt, damit er, der Blaser, zu Schaden kommt.
Ich hab ihm gesagt, daß ich ja nicht wissen konnte, daß er gerade zu der Zeit zu mir in den Garten kommt. Aber alle meine Erklärungen haben nichts genützt.
Die Mitzi hat ihm Spirt* auf die Wunde geschüttet, und da hat der Blaser so gejammert, als ob er schwer verwundet

* *Medizinalspiritus*

wäre. Ich hab gelacht, daß mir der Bauch weh getan hat. Der Blaser ist wütend nach Haus gegangen, und eine Woche lang haben wir nicht mehr miteinander geredet.
Dann ist ihm der Ärger vergangen, und jetzt erzählt er, seine Alte hätte ihn im Streit gekratzt und so sei er zu der Narbe gekommen.

Peter schüttelte sich vor Ekel bei dem Gedanken an den zermanschten Bienenmörder und an die Nadel in der Hand vom Blaser. Als er sich aber das Gesicht vom Blaser vorstellte, mußte er sich zusammennehmen, um nicht laut loszulachen.
Der Frosch zitterte in Peters Hand, aber er gab keinen Ton von sich.
Peter hatte Herzklopfen.
Hoffentlich dreht sich der Lori nicht um, dachte er. Vorsichtig ging er näher, bis er nur noch einen Schritt von ihm entfernt war. Er zog an Loris Badehose und ließ den Frosch hineingleiten. Dann rannte er, so schnell er konnte, über die Wiese dem Fluß zu.
Der Lori hopste wie ein Frosch, und wenn er im Wasser gewesen wäre, hätte er bestimmt schwimmen gelernt. Er zog die Hose mit Mühe aus, denn sie war ihm sehr eng, und lief mit nacktem Hintern in die Büsche.
Mitzi, bring mir die Badehose, rief er aus den Büschen.
Läßt dich gern bedienen, Lori, riefen die Frauen, komm, hol sie dir selbst.
Die Mitzitante hob die Hose auf und brachte sie dem Lori.
Der Frosch war schon längst weggehüpft.
Der Lori kam aus den Büschen.
Warte nur, du Nichtsnutz, rief er Peter zu, du steigst mir nicht mehr in meine Kalesche!

Peter kam dem Lori den Rest des Tages nicht zu nahe. Er getraute sich auch nicht zu helfen, als der Lori die Pferde im Fluß wusch und nachher striegelte.
Am späten Nachmittag, als die Sonne zwischen den Uferweiden verschwand, machte sich die Gesellschaft auf den Heimweg.
Peter schlich um die Kalesche herum.
Na, was ist, sagte der Lori, kannst nicht allein in die Scharigl steigen, oder ist dir der Platz nicht mehr gut genug?
Peter ließ sich nicht bitten. Im nächsten Augenblick war er auf seinem Platz.
Der Lori rief: Hü, Marta! Hü, Berta!, und der ganze Zug setzte sich in Bewegung.

Am Abend hatten Doris, Peter und Hanzi auf der Nase und auf den Schultern Sonnenbrand. Die Grisi schmierte sie mit Sauermilch ein. Die Sauermilch kühlte die heißen Stellen.
Es war sehr schön am Zoodt, Grisi, sagte Peter.
Doris stellte einen Strauß Wiesenblumen in die Vase auf dem Tisch.
Die Kinder erzählten der Grisi und dem Großvater, was sie erlebt hatten. Die Grisi und der Großvater hörten zu.
Die Pendeluhr schlug achtmal.
Ihr müßt jetzt baden, sagte die Grisi.
Auf dem Ofen standen zwei große Töpfe mit heißem Wasser.
Der Großvater goß Wasser in die Badewanne, heißes vom Ofen und kaltes Brunnenwasser.
Hanzi, komm, rief die Grisi aus dem Badezimmer.
Hanzi hörte die Grisi nicht. Er hatte den Kopf auf den Tisch gelegt und schlief.
Die Grisi brachte ihn zu Bett.

Im Zimmer war es angenehm kühl. Das Haus hatte dicke Mauern.
Draußen war es schwül. Ein Gewitter zog auf.
Die Grisi schloß die Fenster und zog die Vorhänge zu.
Es begann zu regnen.
Peter stand am Küchenfenster und sah hinaus.
Die ersten Regentropfen verdampften auf den warmen Pflastersteinen.
Der Regen wurde dichter. Die Tropfen klatschten auf die Steine und sprangen wieder hoch. Das Wasser vom Nachbardach sammelte sich in der Dachrinne und prasselte in die leere Regentonne.
Der Großvater nahm den Regenschirm und einen Eimer und ging Regenwasser holen. Das Regenwasser war weicher als das Brunnenwasser. Vom Regenwasser wurde das Haar der Frauen seidig weich.
Doris, du mußt dir die Haare waschen, sagte die Grisi.
Peters Haar war kurz. Er brauchte kein Regenwasser zum Haarewaschen.
Die Grisi goß noch warmes Wasser in die Badewanne.
Peter ging vor Doris ins Bad.
In der Wanne fielen ihm fast die Augen zu.
Er stieg aus dem Wasser und trocknete sich ab.
Die Grisi brachte ihm den Pyjama.
Peter fröstelte.
Das kommt von der Müdigkeit und vom Sonnenbrand, sagte die Grisi.
Peter kroch neben Hanzi ins Doppelbett. Unter der Decke war es wohlig warm.
Die Grisi zog die Decke zurecht.
Draußen blitzte und donnerte es.

Es hat irgendwo eingeschlagen, sagte die Grisi, in ein Haus oder in einen Baum.
Vielleicht in die große Eiche auf der Kuhweide, sagte Peter.
Vielleicht, murmelte die Grisi.
Als sie Peter eine gute Nacht wünschte, war sie eine kleine leichte Wolke, die aus dem Zimmer schwebte. Das war der Anfang eines Traums, den Peter nicht weiterträumte. Tief und traumlos war sein Schlaf.

7

Walter war auch am Zoodt auf dem Ausflug mit dem Lori gewesen, obwohl er eigentlich gar nicht zur Marktgasse gehörte. Er wohnte in der Lehmgasse, aber seitdem seine Mutter in Rußland war, lebte er bei seiner Tante in der Marktgasse. Also gehörte er doch in die Marktgasse.
Seine Tante war sehr streng. Sie ließ Walter nur selten mit den anderen Jungen im Heu schlafen.
Die Grisi vom Walter war nicht streng. Seine drei kleineren Geschwister wohnten bei der Grisi. War ein Kind ungezogen, wurde getauscht. Das schlimme Kind mußte zur Tante, und Walter durfte zur Grisi.
Kurz vor dem großen Schulfest im Sommer kam Walters Mutter aus Rußland nach Hause, und nun wohnten sie alle zusammen: die vier Kinder, die Mutter und die Großeltern. Sie wohnten alle in einem großen Zimmer, und um in das Zimmer zu gelangen, mußten sie durch die Küche und durch noch ein Zimmer gehen. Die Küche und das Zimmer hatten früher auch zur Wohnung der Großeltern gehört. Jetzt gehörten sie einer rumänischen Familie. Walters Mutter hatte ihre Wohnung und die Möbel verloren, weil sein Vater bei der Waffen-SS gewesen war. Darüber durfte man nicht reden, aber alle wußten es. Ob Walters Vater noch lebte, das wußte niemand. Vielleicht wußte es seine Mutter.
Der Rudi lebt, sagte sie, aber nach Hause kommen darf er nicht.
Vielleicht sagte sie das nur, weil sie wollte, daß der Rudi lebt, vielleicht aber wußte sie etwas über ihn, das sie nicht sagen durfte. Der Rudi konnte ja in der Gefangenschaft sein.
Wenn die Jungen am Abend im Heu lagen und über ihre Ge-

heimnisse sprachen, sagte Walter: Mein Vater lebt. Ich weiß es ganz bestimmt.

Mehr aber war aus ihm nicht herauszukriegen. Darum glaubten es ihm die anderen Jungen nicht.

Als Walters Mutter aus Rußland kam, dachten sie: Vielleicht hat der Walter doch recht. Denn Walter hatte auch von seiner Mutter gesagt, daß sie nach Hause kommt, und nun war sie nach dreieinhalb Jahren nach Hause gekommen, zusammen mit noch vier Frauen aus der Gemeinde.

Die Gretetante, so hieß die Mutter vom Walter, war die Schwester von Peters Mutter. Sie kam aus einem Lager in Dnepropetrowsk, wo auch Peters Vater war.

Peter wollte die Gretetante fragen, wie es in Rußland war und ob sie seinen Vater gesehen hat. Er getraute sich aber nicht. Über die Zwangsarbeit durfte man nichts erzählen, man mußte froh sein, daß man wieder zu Hause war und daß man überhaupt noch am Leben war.

Walter erzählte im Heu auch nichts.

Peter hatte aber Glück. An einem Abend, als er schon im Bett lag, kam die Gretetante zur Grisi.

Peter konnte nicht einschlafen. Es war dunkel im Zimmer, und die Pendeluhr tickte gleichmäßig. Peter zählte langsam bis hundert, aber es nützte nichts. Er konnte nicht einschlafen. Walter hatte ihm erzählt, daß die Gretetante seinen Vater oft gesehen hatte im Lager. Soviel hatte er erzählt und kein Wort mehr.

Wie wird es sein, wenn mein Vater nach Hause kommt? Das war der Gedanke, der Peter nicht einschlafen ließ.

Die Grisi öffnete leise die Tür, und Peter tat so, als ob er schliefe. In der Lichtspalte im Türrahmen sah er die Gestalt einer Frau.

Die Grisi und die Frau setzten sich im Dunkeln vors Fenster. Draußen war es noch hell. Vielleicht war Vollmond.
Erzähl, Grete, sagte die Grisi leise.
Und die Gretetante erzählte:

Ich hab immer gehofft, daß sie mich nicht mehr nehmen, weil ich ja schon über dreißig war und vier Kinder hatte. Es gab so viele Gerüchte, niemand wußte was Genaues. Ich hab mir aber für alle Fälle eine Schihose nähen lassen, und wie ich mit der Schihose auf dem Arm von der Schneiderin komme, hab ich gedacht: So, jetzt hast du eine Schihose, und jetzt fährst du nach Rußland, und wer weiß, ob du deine Kinder noch einmal siehst. Bei dem Gedanken hab ich zu heulen angefangen, und so verheult begegne ich der Sturm Kathrein, der mit den roten Haaren.
Was heulst du? fragt sie, und ich sag ihr, warum ich heul. Und was denkst du, das sie mir antwortet? Wer Geld hat, braucht sich keine Sorgen zu machen. Sie hatte Geld. Es hat ihr aber nicht viel genützt. Sie hat in Rußland Ziegel aus dem Schutt mit mir gesammelt und den Mörtel abgeklopft, und etwas anderes als Wassersuppe und ein wenig Brot hat sie auch nicht bekommen. Seitdem sie mir das gesagt hat, kann ich sie nicht mehr leiden, denn sie hat gewußt, daß ich vier Kinder und keinen Mann und kein Geld hab.
Am dreizehnten Januar hab ich mich dann wie alle andern im Sammellager mit meinem Gepäck melden müssen. Ich hab die Kinder genommen und sie zu meiner Schwiegermutter gebracht, alle vier, und hab gesagt: Mama, sorg mir gut für sie. Wer weiß, ob der Rudi wiederkommt, und wer weiß, ob ich wiederkomm.
Wir haben alle geheult. Der Walter hat ganz schrecklich

geweint, er hat alles verstanden, er war ja schon größer. Auch die Gerlinde hat geweint, die war damals erst ein Jahr und sechs Monate alt.

Ich bin dann ins Sammellager gegangen, das war in der Spinnerei, wo ich fünf Jahre lang an der Spinnmaschine gestanden bin. Der Bruder von der Kathrein war dort Chef, ich hab ihn gut gekannt. Er war ein anständiger Mensch. Er hat die Leute zum Schlafen einteilen müssen.

Am Abend, als wir uns fürs Schlafengehen vorbereitet haben, sagt der Chef zu mir: Mädel, willst du diese Nacht nicht noch einmal zu deinen Kindern gehen?

O ja, hab ich gesagt, und ich hab mich sehr gefreut. Als ich aber dann zu Haus bei meinen Schwiegereltern war und die Kinder hab schlafen sehen, da hab ich die ganze Nacht geheult, und am Morgen haben wir noch einmal Abschied voneinander genommen. Dann bin ich zurück in die Seidenspinnerei.

Am nächsten Abend hat mich der Chef wieder gefragt, ob ich nicht nach Hause will noch für eine Nacht, aber ich hab gesagt: Wenn ich wüßte, daß es die letzte Nacht ist, würde ich nach Haus wollen, aber so nicht. Es war mir alles, was außerhalb des Sammellagers war, irgendwie fremd geworden. Ich hab nicht mehr dazugehört.

Wir wußten es nicht: Es war die letzte Nacht.

Wir wurden noch im Dunkeln geweckt, in Gruppen zu je achtunddreißig Leuten aufgestellt, und Soldaten mit aufgepflanzten Bajonetten brachten uns zum Zug. Wir stiegen in Viehwaggons, die Türen wurden von außen geschlossen. Im Zug war es sehr still. Von draußen kamen verzweifelte Rufe von Müttern und Vätern, die nach ihren Kindern suchten. Die Jüngsten unter uns waren erst sechzehn Jahre alt.

Die Soldaten haben die Leute nicht an die Waggons herangelassen. Der Zug ist noch im Dunkeln abgefahren.
In den Waggons waren Pritschen, auf denen wir abwechselnd schlafen konnten. Jede Nacht war einmal Schichtwechsel. Erst schliefen die einen, dann die andern.
In der Mitte des Waggons war ein kleiner Holzofen. Wir hatten aber nur ganz wenig Holzvorrat. In den meisten Waggons war nicht einmal ein Ofen. In vielen war auch kein Fenster.
In die eine Ecke des Waggons hatten wir ein Loch geschnitten. Ein Eimer diente uns als Abort. Wir leerten den Eimer durch das Loch. Wenn der Eimer nicht benutzt wurde, stülpten wir ihn über das Loch.
Es war ein furchtbar kalter Winter.
Die Reise hat vierzehn Tage gedauert.
Auf manchen Bahnhöfen hat man uns kurz herausgelassen. Dann haben wir schnell Holz genommen vom Bahnhof, Zäune und was wir erwischen konnten. Die Soldaten haben uns bewacht. An Weglaufen war nicht zu denken. Der Zug war sehr lang. Die Soldaten haben nicht alle Leute zur gleichen Zeit herausgelassen; immer nur so viele, wie sie bewachen konnten.
Wir wußten gar nicht, wohin wir fuhren. Der russische Dolmetscher sagte uns immer wieder: Ihr müßt wiedergutmachen, was die Deutschen bei uns kaputtgemacht haben.
Als wir an unserem vorläufigen Ziel den Zug verließen, war es dunkel und bitter kalt. Wir mußten ziemlich weit gehen. Viele konnten ihr Gepäck nicht mehr tragen. Die Fleischermädel aus der Bachgasse hatten eine Kiste Mehl mit. Sie haben sie nicht lange schleppen können. Andere haben die Kiste weitergezerrt, aber auch die kamen nicht weit mit ihren Kräften. Die letzten, die die Kiste ins Lager geschleppt ha-

ben, die haben das Mehl gegessen. Es hat Streit gegeben, die Fleischermädel haben gesagt: Es ist unser Mehl. Die andern haben gesagt: Wir haben es bis hierher geschleppt. Der Streit hat aber nicht lange gedauert, denn die Leute waren zu schwach und zu müde, um zu streiten.

Zuerst kamen wir in einen schmutzigen Raum, in die Kantine vom Petrowski-Werk in Dnepropetrowsk. Damals wußten wir nicht, wo wir waren. Das haben wir erst später erfahren. Nach langer Zeit erschien endlich der Dolmetscher. Er rief immer ein paar von uns auf und sagte, wir sollten unser Gepäck dalassen und ihm folgen. Wir kämen bald wieder zurück. Es hatte aber niemand Vertrauen in das, was er sagte. Alle nahmen ihr Gepäck mit. Eine Gruppe nach der andern wurde von Soldaten abgeholt, und niemand kam zurück. Wir dachten, jetzt verschleppen sie uns in ganz Rußland.

Ich kam dann auch weg aus der Kantine. Man brachte uns in ein größeres Gebäude, in einen halbdunklen Raum. Dort mußten wir uns nackt ausziehen und die Kleider abgeben. Dann gingen wir so nackt in einen zweiten Raum, das war ein großer Duschraum. Wir wurden geduscht, kalt und heiß und wieder kalt und heiß. Aus dem Duschraum kamen wir in einen dritten Raum, dort bekamen wir unsere Kleider wieder. Sie waren feucht und heiß, und sie stanken nach Schweiß. Zwei Wochen hatten wir die Kleider nicht gewechselt.

Endlich hatten wir begriffen, daß es sich um eine Entlausung handelte. Damals hatten wir aber noch gar keine Läuse.

Von der Entlausung wurden wir in das Trest-Lager geführt. Das Lager bestand aus großen Stallungen, wo Hunderte von Leuten untergebracht waren.

Die ersten Tage haben wir uns ein wenig von der Reise erholt. Dreimal am Tag gab es Wassersuppe und einmal sechshundert Gramm Brot. Das Brot haben wir immer sofort aufgegessen. Wenn in der Wassersuppe einmal ein Stückchen Kartoffel oder Bohnen schwammen, dann war das ein Festessen. Wir haben uns sehr schnell an dieses Essen gewöhnen müssen.

Zuerst hab ich Mörtel von Ziegeln abgeklopft. Im Freien. Es war lausig kalt. Wir haben ein Feuer gemacht, haben uns ums Feuer gesetzt und gearbeitet. Einmal mit dem Gesicht, einmal mit dem Rücken zum Feuer. Die Füße haben wir uns mit heißen Ziegeln gewärmt.

Ein Jahr lang hab ich bei den Ziegeln gearbeitet.

Dann kam ich in ein Sägewerk. Dort hab ich mit andern Baumstämme auf Karren heben müssen, Bretter verladen, Sägespäne kehren und wegschleppen müssen. Es war eine sehr schwere Arbeit, aber ich hab schon immer gern mit Holz gearbeitet.

Aus dem Sägewerk kam ich nach einiger Zeit auf einen Laster. Wir mußten den Laster beladen und abladen, wir machten bis zu drei Fuhren am Tag.

Dort ist es uns gutgegangen. Wir Frauen haben zwar nichts bezahlt bekommen im Unterschied zu den Männern, die Frauen hatten es in Rußland schwerer als die Männer, aber der Fahrer war ein guter Mensch. Wenn er gesehen hat, daß wir fleißig waren, dann hat er uns manchmal ein Brot gegeben oder Milch.

Sie waren überhaupt anständig zu uns, die Russen. Es waren hauptsächlich Alte und Kinder in den Dörfern.

Ich hab in der Zeit oft denken müssen: Wie gut wäre es gewesen, wenn die Deutschen hier nichts kaputtgemacht hätten. Dann nämlich hätten wir nichts zum Wiedergutmachen gehabt, und ich wäre zu Haus bei meinen Kindern geblieben.

Die letzte Zeit hab ich auf einem Kolchos* gearbeitet. Zuerst haben wir Stacheldraht um einen großen Platz gezogen, dann haben wir drei tadellose deutsche Feldzelte mit je sechsunddreißig Betten aufgestellt. Bei der Arbeit haben wir ständig etwas gekaut: Krautblätter, Möhren, alles, wie die Hasen. Auf dem Kolchos ist es uns nicht schlechtgegangen. Manchmal sind wir aus dem Lager weggelaufen und ins Dorf gegangen. Immer wieder hab ich gehört, wie unsere Leute sagten, sie gehen fechten. Was heißt das, hab ich gefragt. Aber die Leute haben nur gelacht und nichts geantwortet. Dann bin ich einmal mitgegangen, und dann hab ich gewußt, was das heißt, fechten. Das war betteln und stehlen.

Die Russen haben selbst auch nichts zum Beißen gehabt. Einmal hab ich einen Krapfen und einmal im selben Haus eine Kletitte** bekommen. Wir haben an die Tür geklopft, man hat uns geöffnet, und dann hab ich auf russisch gesagt: *Pajalusta mnimnotschka chleb.* Bitte ein wenig Brot. Meistens haben wir etwas bekommen.

Einmal hab ich mit noch einer Frau aus einem Haus den Topf vom Ofen gestohlen. Es war nur ein alter Mann im Haus. Der schlief neben dem Ofen. Wir sind mit dem heißen Topf bis ans Dorfende gelaufen. Als wir den Deckel weggenommen haben, waren wir sehr enttäuscht. Im Topf war nichts als Wasser drin. Wir haben ihn dann zurückgetragen und vor die Haustür gestellt.

Es ist allerlei passiert in Rußland. Einmal, als ich wieder betteln war, bin ich einem alten Mann ins Haus gefolgt. Er hat mir Brot und Holz gegeben, dann hat er die Tür zugesperrt,

* *landwirtschaftliche Produktionsgenossenschaft*

** *Pfannkuchen*

hat mir Rubelscheine in die Hand gelegt und aufs Bett gezeigt. Ich war zu Tode erschrocken. Ich hab das Geld auf den Tisch getan und hab zu dem Mann gesagt, daß ich krank bin. Er hat die Tür aufgesperrt und hat mich gehen lassen. Das Brot und das Holz hat er mir nicht genommen.

Als ich auf der Straße war, kam eine von uns die Gasse herauf. Ich bin weitergegangen. Am Abend hat sie erzählt, daß sie in einem Haus Brot und Holz bekommen hat und daß sie auf der Straße vor dem Haus Rubelscheine gefunden hat. Sie hat allen die Rubel gezeigt. Es waren dieselben Scheine, die ich bei dem alten Mann in der Hand gehabt hab. Ich hab der Frau in die Augen gesehen und zu ihr gesagt: Das Geld habe ich auch auf der Straße liegen sehen – aber ich habe es nicht aufgehoben.

Die Frau ist blaß geworden und hat geschwiegen.

Sie hat es für ein Stück Brot getan.

Die Gretetante schwieg.

Die Turmuhr schlug. Peter zählte die Schläge. Es mußte zehn Uhr sein.

Es ist spät geworden, sagte die Gretetante und erhob sich. Peter konnte sie vor dem hellen Hintergrund des Fensters sehen.

Morgen erzähl ich dir weiter, sagte sie.

Die beiden Frauen gingen in die Küche.

Peter fühlte, wie seine Augenlider schwer wurden. Er hörte noch Frauenschritte auf dem Pflaster im Hof. Die Grisi begleitete die Gretetante zum Tor. Dann schlief Peter ein.

Am nächsten Abend kam die Gretetante wieder.

Der Großvater reparierte die Küchenstühle. Von Zeit zu

Zeit verwandelte er die Küche in eine Tischlerwerkstatt. Dann lagen auf den Stühlen und auf dem Tisch Nägel, Schrauben, Sägen und anderes Werkzeug.
Peter hatte die Angewohnheit, bei Tisch auf dem Stuhl zu schaukeln. Die Küchenstühle waren robust, ein Stuhlbein aber hatte nachgegeben, und Peter wäre fast hingeflogen. Die Grisi hatte einen Schreck gekriegt.
Das ist kein Schaukelstuhl, merk dir das, hatte der Großvater geschimpft. Nun mußte er am Abend noch den Stuhl reparieren.
Peter hatte sich kleinlaut verzogen und war früher als sonst ins Bett gegangen.
Der Großvater kontrollierte sämtliche Stuhlbeine. Dann sägte er, klebte, nagelte, schmirgelte, bis alle Stühle wieder in Ordnung waren. Es roch im Haus nach trockenem Holz wie in einer Tischlerwerkstatt.
Peter lag im Bett und erriet an den Geräuschen, was der Großvater gerade machte.
Hanzi schlief schon fest.
Die Tür öffnete sich leise. Die Grisi und die Gretetante kamen ins Zimmer. Die Grisi rückte zwei Stühle ans Fenster. Erzähl mir von meinem Sohn, bat sie. Und die Gretetante begann mit gedämpfter Stimme zu erzählen.

Ich habe den Peter in der ersten Zeit sehr oft gesehen, sagte die Gretetante. Er hat schwer gearbeitet. Zuerst ist er fast schwermütig geworden vor Sehnsucht nach Frau und Kindern. Als die Emmi dann gestorben ist, das heißt, als er die Nachricht über ihren Tod von euch bekommen hat, da ist er richtig krank geworden. Wir haben schon gedacht, er überlebt es nicht. Nur wegen der Kinder hat er sich nichts ange-

tan. Der Peter war immer ein weicher Mensch. Er hat die Emmi so gern gehabt.
Als wir nach Rußland sind, hat die Emmi zu ihm gesagt: Vergiß nicht, du hast auch eine Schwägerin. Er hat es nicht vergessen. Er war in einem anderen Lager, nicht weit von unserem, und er hat mich jeden Sonntag, wenn er konnte, besucht und immer nur von der Emmi und von den Kindern gesprochen. Neben der Aufbauarbeit hat er auch das Lager verwaltet. Er hat mir jeden Sonntag Milchkaffee mitgebracht.
Jedesmal, wenn wir von einem Arbeitsplatz zum anderen versetzt wurden, haben wir gedacht, vielleicht bringen sie uns nach Hause. Und jedesmal haben wir uns voneinander verabschiedet, als würden wir in die Heimat fahren.
Als ich dann wirklich für die Heimfahrt aufgerufen wurde mit noch vierzig anderen Leuten, da haben wir es nicht geglaubt.
Man hat mir gesagt, ich bin Dystrophikerin dritten Grades, das heißt, ich bin zu schwach zum Arbeiten. Als man mir das gesagt hat, bin ich so schwach geworden, daß ich am nächsten Tag gar nicht aufstehen konnte.
Man hat uns dann mehrere Tage im Lager gelassen, wir sollten uns von der Arbeit erholen. Man hat uns entlaust, und wer nichts zum Anziehen hatte, hat Kleider bekommen, Unterwäsche oder ein Paar Schuhe. Auch unsere Papiere, die Fotos von den Kindern, alles, was man uns vor dreieinhalb Jahren abgenommen hatte, hat man uns zu unserer großen Überraschung zurückgegeben. Für die Reise gab es Reiseproviant.
Unser Nachbar, der Binder Oskar, hat immer gesagt: Ich kann es nicht glauben, daß ich nach Hause darf. Ihr werdet

sehen, daß ich hierbleiben muß. Wir haben es ihm ausgeredet, aber er ist nur noch ängstlicher geworden.
Als wir dann vor dem Lagertor standen, haben wir zum Binder Oskar gesagt: Na, siehst du, auch du fährst jetzt nach Hause.
Er hat es aber noch immer nicht glauben können.
Draußen haben uns keine Soldaten bewacht, kein Brigadier hat uns begleitet. Wir waren so verlassen, so plötzlich frei. Wir sind vor dem Lager geblieben und haben gewartet, daß uns jemand sagt, was wir tun sollen.
Nach einiger Zeit hat man uns abgeholt und zum Bahnhof gebracht. Dort hat man uns noch einmal aufgerufen, und den Binder Oskar haben sie zurückgehalten. Ein Soldat hat ihn abgeführt.
Das Gesicht vom Binder Oskar werd ich nie vergessen: Er ist ganz grau geworden. Als er abgeführt wurde, hat er einen schleppenden Gang gehabt wie sein Vater, der alte Binder.
Wir andern waren alle sehr erschrocken, daß der Oskar bleiben mußte. Jemand hat gesagt, er hätte einen Brief von den Fleischermädeln in einen Patschen* eingenäht, und darum sei er bestraft worden. Wir durften ja nur einmal im Monat sechsunddreißig Wörter nach Hause schreiben. Wir bekamen Postkarten ausgeteilt und durften nichts Schlechtes nach Hause schreiben. Immer nur offene Karten mit Sätzen wie: Es geht mir gut, ich bin gesund. Du weißt ja, was auf diesen Karten steht.
Vielleicht hat einer von unseren Leuten den Oskar bespitzelt, das gab es ja auch, und hat gesehen, wie er den Brief versteckt hat. Aber vielleicht sind die Russen erst damals

** gestrickter oder gehäkelter Hausschuh*

draufgekommen, daß der Oskar bei der Waffen-SS war. Wenn er es überlebt, werden wir es vielleicht einmal erfahren.

Zuerst waren wir sehr erschrocken, aber dann waren wir so glücklich, daß wir nur noch an zu Hause denken konnten. Wir sind in einen Zug mit anständigen Abteilen gestiegen, wir konnten frei von einem Abteil ins andere gehen. Nirgends war ein Soldat zu sehen. Von Zeit zu Zeit hat einer aus unserer Gruppe laut gerufen: Wir fahren nach Hause!

Jeder hat erzählt, wie er seine Familie vorfinden möchte.

Auf den rumänischen Bahnhöfen sind wir ausgestiegen. Die Leute haben uns gefragt: *De unde veniţi?* Von wo kommt ihr? Wir haben geantwortet: *Din Rusia.* Aus Rußland. Die Leute haben uns dann Brot, Milch, Honig, Äpfel und alles, was sie hatten, gegeben.

Als ich zu Hause ankam, war es Nacht. Ich ging zuerst zu unserer Wohnung. Sie war besetzt. Die neuen Herren haben mir alles genommen, auch die Möbel. Alles außer den Kinderbetten. Das weißt du ja. Ich bin dann zu meinen Schwiegereltern gegangen. Die Kinder haben schon geschlafen.

Ich bab gebadet, und meine Schwiegermutter hat mir mein Schlafhemd ins Bad gebracht. Ganz einfach war das: Sie ist zum Schrank gegangen und hat mir mein Schlafhemd gebracht. Als ich mein Schlafhemd gesehen hab, da hab ich geheult. Ich bin im Bad gestanden und hab geheult wie ein kleines Kind. Da hab ich erst begriffen, daß ich zu Hause war.

Nachdem ich gebadet hatte, wollte ich die Kinder umarmen. Die Gerlinde hat mich gar nicht erkannt. Die Emmi hat sich auf die andere Seite gelegt und weitergeschlafen. Der Horst hat mich umarmt und immer wieder *Mama, Mama* gerufen. Der Walter war bei meiner Schwägerin.

Am nächsten Morgen bin ich mit meiner Schwiegermutter in die Schule gegangen zum Schulfest vom Walter.
Der Walter ist so gewachsen, hat meine Schwiegermutter gesagt, ich bin gespannt, ob du ihn erkennst.
Ich hab mir in der Schule die Kinder angesehen. Bei zwei Kindern war ich mir nicht sicher, welches der Walter sein könnte. Der Walter war aber gar nicht da. Er hatte gehört, daß ich gekommen bin, und ist über die Abkürzung durch die Gärten zu meinen Schwiegereltern gerannt. Wir haben uns auf der Straße getroffen, und als ich ihn gesehen hab, wußte ich sofort, daß er es war.

Wenn jetzt nur noch der Rudi nach Hause käme, sagte die Gretetante nach einer Weile.
Hast du Nachricht von ihm? fragte die Grisi.
Er ist bei Sorrent in Gefangenschaft geraten, aber er lebt, das ist alles, was ich von ihm weiß. Sprich bitte nicht darüber, wer weiß, was noch alles mit uns geschieht.
Wir werden es überleben, sagte die Grisi.
Die Frauen schwiegen.
Dann sagte die Grisi: Ihr werdet auch nicht ein Leben lang in einem Zimmer wohnen müssen. Vielleicht ziehen diese Rumänen eines Tages aus unseren Häusern wieder aus.
Auf jeden Fall, sagte die Gretetante, hab ich in Rußland eines gelernt: daß der Mensch mehr ertragen kann, als er glaubt, daß er auch einfacher leben kann und daß er nicht gleich verzweifeln muß.

8

Die letzten Julitage waren heiß. Die Sonne schien unerbittlich.
Der Großvater und der Lori standen im Hof und sahen besorgt zum Himmel. Der Himmel war blaßblau, fast weiß, und über dem Grigoriwald hing eine große dunkle Wolke.
Von ferne kam ein verhaltenes warnendes Donnern.
Kommt Regen? fragte Peter.
Er stand neben den Männern im dünnen Schatten des Großvaters.
Es kommt kein Regen, sagte der Großvater. Der Regen kommt bei uns immer aus dem Scheelen Winkel, und der Himmel ist dort klar.
Bei der Hitze kommen die Gewitter schnell, sagte der Lori. Wir müssen das Heu wenden, dann können wir es noch heute einfahren.
Der Lori hatte auf dem Wilhelmstädter Berg eine Wiese, die er bewirtschaftete. Er brauchte Heu für die Pferde.
Ohne noch Zeit zu verlieren, ging er in den Stall. Er spannte die Marta und die Berta vor den Heuwagen. Dann fuhr er auf die Wiese, um das Heu zu wenden, das er vor zwei Tagen gemäht hatte. Das Heu mußte gut trocken sein, sonst wurde es auf dem Heuboden muffig, oder es verfaulte.
Die größeren Buben, Peter, Walter und Franz, sollten dem Lori helfen. Sie stiegen auf den Wagen, und der Lori fuhr los.
Die Wiese vom Lori war nicht groß. Es waren vielleicht zwanzig alte Obstbäume auf der Wiese. Ganz oben, nicht weit von der Bergspitze, stand eine Kollip. Das war eine kleine Holzhütte, in der ein Bett, ein Tisch und zwei Bänke Platz hatten. In einer Ecke befanden sich Heugabeln, Sen-

sen, Heurechen, Körbe für die Obsternte und ein zusammengeklappter Liegestuhl. Es roch in der Kollip nach reifen Sommeräpfeln.
Lori nahm den Krug mit dem Trinkwasser vom Wagen und stellte ihn in den Schatten. Er schirrte die Pferde aus. Dann holte er die Heugabeln aus der Kollip, setzte sich den Strohhut auf und ging an die Arbeit.
Die Jungen folgten seinem Beispiel.
Peter merkte sehr bald, daß die Heugabel schwer war, daß ihr Griff für größere Hände gemacht war. Er hatte Mühe, die Heugabel zu halten. Sie rutschte in seinen Händen hin und her. Er wendete das schon fast trockene Heu und versuchte mit den andern Schritt zu halten. Der Lori hatte aber schon bald einen großen Vorsprung. Die Heugabel lag fest in seinen Händen, er hob das Heu hoch, drehte es mit der feuchten Seite nach oben und kam so Schritt für Schritt vorwärts.
Peter mußte immer wieder stehenbleiben. Der Strohhut rutschte ihm ins Gesicht. Es war ihm heiß unter dem Hut. Er wischte sich den Schweiß aus dem Gesicht. Dann befeuchtete er die geröteten Handflächen mit Spucke und arbeitete weiter. Sein nächstes Ziel war ein Apfelbaum, in dessen Schatten er den Rücken grademachen wollte.
Der Lori war in einer Mulde verschwunden. Walter war schon beim Apfelbaum, Franz war etwa auf der gleichen Höhe wie Peter. Sie arbeiteten verbissen. Keiner wollte als erster die Heugabel aus der Hand werfen. Die Heureihen auf dem Grundstück vom Lori waren endlos.
Der Lori kam von unten den Berg schon wieder herauf.
Wenn ihr nicht mehr könnt, sagte er, stellt die Heugabeln an die Wand hinter die Kollip. Mit der Gabel nach unten.
Um elf Uhr standen drei Heugabeln an der hinteren Wand

von der Kollip. Peter, Walter und Franz verschnauften sich unter einem Apfelbaum. Sie aßen Sommeräpfel.
Die Kirchturmglocke in der Gemeinde schlug fünfzehnmal. Viermal für die volle Stunde und elfmal für die Tageszeit. Erst in einer Stunde würde die Frau vom Lori, die Mitzitante, mit dem Weinsteinkraut den Berg hinaufkommen. Brot und Blechteller hatte der Lori auf dem Wagen mitgebracht.
Die Jungen kletterten zum Zeitvertreib auf den Apfelbaum. Peter suchte sich in einer Astgabel einen Sitzplatz, von wo aus er die Mitzitante als erster sehen konnte.
Der Lori arbeitete unverdrossen. Was sein mußte, mußte sein.
Kurz vor zwölf erspähte Peter von seinem Baumsitz aus einen Punkt auf der Landstraße, der sich langsam vorwärts bewegte. Er stieß ein Indianergeheul aus oder jedenfalls Laute, von denen er annahm, daß sie so klängen. Er glitt vom Baum und stob den Berg hinunter. Walter und Franz jagten ihm nach.
An der Grenze des Grundstücks blieben sie stehen und warteten, bis die Mitzitante den Berg hinaufgekeucht war.
Können wir nicht hier essen? fragte Walter.
Die Mitzitante schüttelte noch außer Atem den Kopf. Peter und Franz nahmen ihr die große Blechkanne mit dem Kraut ab und schleppten sie zur Kollip.
Der Lori hatte den Tisch und die Bänke ins Freie unter einen Baum gestellt und wartete auf das Mittagessen.
Die Mitzitante holte die Blechteller, die sie nur auf dem Feld benutzten, die Löffel und das Brot. Sie schöpfte Weinsteinkraut auf die Teller, und der Lori schnitt mit seinem Taschenmesser dicke Scheiben von einem frischen Brotlaib ab.

Das Kraut war noch heiß. Es war suppig und schmeckte säuerlich. Es war das richtige Essen für einen solchen Tag.
Die Mitzitante schöpfte den Jungen nach.
Nach dem Essen schlief der Lori eine Stunde im Schatten eines Apfelbaumes. Die Mitzitante saß neben ihm und verscheuchte Ameisen und Fliegen, die den Schlaf vom Lori stören wollten.
Am Nachmittag gleich nach dem Schichtwechsel in der Fabrik kamen der Blaser und seine Frau in den Garten. Sie aßen das übriggebliebene Weinsteinkraut und griffen dann nach den Heugabeln.
Als die Hitze nachließ, war das Heu getrocknet. Der Lori und der Blaser machten Heumieten. Die Mitzitante holte zwei Heurechen aus der Kollip, und die beiden Frauen rechten das Heu, das nicht auf die Heugabeln ging, hinter den Männern zusammen.
Die Jungen spielten Indianer. Sie schlichen um das Grundstück, kletterten auf die Bäume, versteckten sich hinter den Heumieten in den Nachbargärten, und zum Schluß lagen sie müde unter dem Nußbaum im Heu und sahen in den blauen Himmel, der sich vom Wilhelmstädter Berg bis zum Grigoriwald zog.
Der Lori spannte die Pferde ein, dann stieg er auf den Wagen und fuhr von Heumiete zu Heumiete. Der Blaser lud das Heu auf den Wagen, und der Lori verteilte es gleichmäßig auf die ganze Fläche.
Als der Wagen voll beladen war, warf der Lori einen Strick über das Heu und zurrte ihn am Wagenende fest. Dann half er den Jungen auf das Heu hinauf und fuhr vorsichtig zu Tal.
Der Blaser und die Tanten waren schon früher losgegangen.

Das Nachhausefahren auf dem Heu war das Schönste von der Heumahd.
Das Heu hatte einen betäubenden starken Geruch.
Die Jungen lagen oder saßen im Heu, und der Wagen schaukelte sie hin und her.
Peter hatte an den Handballen dicke Blasen, die weh taten. Er befeuchtete sie mit Spucke und blies darauf. Da taten sie nicht mehr weh.
Peter war müde und zufrieden.
Als der Lori in den Hof einfuhr, schaute er noch einmal zum Himmel.
Gott sei Dank haben wir das Heu eingebracht, sagte er, im Scheelen Winkel braut sich was zusammen.

Der Lori fuhr mit dem Wagen in die Scheune und begann mit dem Abladen. Der Blaser spannte die Pferde aus, brachte sie zur Tränke an den Brunnentrog und schüttete ihnen Hafer in die Futterkrippe im Stall.
Die Buben wollten sich verdrücken. Als sie schon fast auf der Straße waren, rief ihnen die Mitzitante nach: Kommt zurück, Jungen, ich kann euch nicht ungegessen nach Hause gehen lassen. Der Tisch ist schon gedeckt.
Die Jungen kehrten um.
Die Mitzitante hatte den Tisch auf der Veranda gedeckt. Auf dem bunten Tischtuch stand ein großer Teller mit Brot. Daneben lag auf einem Brett ein großes Stück Speck, von dem die Mitzitante die ranzigen Ränder abschnitt.
Bei der Hitze wird der Speck ranzig, sagte sie.
Sie brachte dann noch ein Glas Fett, Gurken aus dem Garten und rote Zwiebeln, die sie vom Markt hatte, dazu Milch für die Jungen und Wein für die Männer.

Der Lori und der Blaser kamen aus der Scheune. Sie hatten ihre verschwitzten Strohhüte abgenommen und wuschen sich Hände und Gesicht im Wassertrog am Brunnen. Der Lori war ein stämmiger untersetzter Mann, und der Blaser war lang und mager. Ihre Gesichter waren von der Sonne verbrannt. Die obere Hälfte der Stirn und die Ohrenspitzen waren jedoch weiß, denn diese Teile verbargen die beiden Männer meistens unter ihren Strohhüten.

Bevor sich der Lori an den Tisch setzte, schöpfte er noch einen Eimer frisches Wasser.

Der Brunnen war tief. Der Eimer rasselte an der Kette in die Tiefe und schlug auf dem Wasser mit dumpfem Ton auf. Der Lori drehte das Brunnenrad mit kräftigen Bewegungen, so als sei er gar nicht müde. Er schüttete das frische Wasser in einen Eimer, den Peter aus dem Haus geholt hatte. Dann deckte der Lori den Brunnen mit dem Deckel gut zu.

Es soll schon passiert sein, daß kleine Kinder in den Brunnen gefallen und dort ertrunken sind. Die Grisi hatte Peter, als er noch kleiner war, eine Geschichte von der Brunnenfrau erzählt:

Wenn man den Brunnen nicht zudeckt, kommt die Brunnenfrau in der Nacht und holt sich ein Kind aus dem warmen Bett ins Wasser. Darum muß man den Brunnen immer gut zudecken. Auch darf man sich beim Wasserholen nicht über den Brunnen beugen und hinunterschauen. Sonst kräuselt sich das Wasser, es schlägt Wellen, und dann ist es für das Kind zu spät: Die Brunnenfrau hat das Kind gesehen, und das Kind kann sich nicht mehr bewegen. Die Brunnenfrau faßt es mit ihren langen nassen Fingern und zieht es in die Tiefe.

Wenn die Eltern das Kind suchen und in den Brunnen sehen,

bleibt das Wasser ganz still, und die Eltern erfahren nie, daß die Brunnenfrau ihr Kind geholt hat.
Peter glaubte nicht mehr an diese Geschichte. Er konnte aber nicht in den Brunnen sehen, und jedesmal, wenn er Wasser holte, mußte er an die unheimliche Brunnenfrau denken, die es gar nicht gab.
Die Mitzitante stellte einen Krug frisches Wasser auf den Tisch. Sie goß sich Wasser ins Glas und sagte: Wasser ist noch immer das beste gegen den Durst.
Da waren der Lori und der Blaser aber ganz anderer Meinung, und ihr Durst war groß.
Es war dunkel geworden. Die Müdigkeit drückte die Erwachsenen und die Kinder fest auf die Stühle. Sie waren schon längst fertig mit dem Essen, aber keiner erhob sich.
Peter schmierte sich Fett auf die brennenden Handflächen.
Wie spät ist es? fragte der Blaser.
Die Turmuhr schläft, antwortete der Lori.
Du meinst wohl, sie ist auch so eine Schlafmütze wie die Herrentaschenuhr von deinem Großvater, die nie geht, frotzelte der Blaser den Lori. Das war die Gelegenheit, den Blaser zum Erzählen zu bringen.
Wie war das mit der Taschenuhr vom Lori? fragte Peter.
Der Blaser begann bereitwillig die Geschichte zu erzählen. Alle kannten sie, aber das war eine Geschichte, die man immer wieder hören konnte. Nur der Lori schlief schon nach den ersten Sätzen auf dem Stuhl ein, den er auch von seinem Großvater geerbt hatte.
Der Blaser erzählte:

Der Lori hat eine Taschenuhr, die trägt er aber nicht in der Tasche, die hängt im Wohnzimmer an der Wand neben dem

Bild von seinem verstorbenen Großvater. Der Lori hat nämlich die Uhr gerade von diesem Großvater geerbt. Das war nicht irgendeine Uhr, das war eine Uhr von der ersten Pariser Weltausstellung, wegen der die Franzosen den Eiffelturm gebaut haben.*

Der Großvater vom Lori war ein tüchtiger Geschäftsmann, na, also grad so tüchtig war er eigentlich nicht. Seine Söhne waren viel tüchtiger. Der Alte – später hat man ihn in der Gemeinde nur noch den Pariser genannt, ich erzähl euch schon, warum –, der Alte hat zwar viele Geschäfte gemacht, aber am liebsten hat er Karten gespielt. Poker, Sechsundsechzig und auch Siebener fängt.

Als die Pariser Weltausstellung war, ist der Großvater vom Lori mit noch zwei Landsleuten, mit dem Binder Fritz aus der Pfaffengasse und mit seinem Neffen, dem Binder Misch, nach Paris gefahren.

Die Großmutter vom Lori hat zu ihrem Alten gesagt: Du meine Güte, Paris liegt ja am Ende der Welt! Was willst du dort? Und warum nimmst du den Misch, diesen Springhansel**, mit? Alter, bleib zu Haus, ich bitt dich, bleib zu Haus!

Sie hat ihn ganz umsonst gebeten, denn der Großvater vom Lori hat am Stammtisch erzählt, daß er nach Paris fährt, und da hat er halt fahren müssen. Sonst hätt er ja kein Ansehen mehr gehabt in der Gemeinde.

Als es dann soweit war, versammelte sich die halbe Gemeinde. Der Jagdverein, in dem der Alte Mitglied war, die Blasmusik, wo der Binder Fritz Klarinette gespielt hat, die Feuerwehr, wo der Misch Mitglied war, die Herrenstamm-

* *Das war im Jahr 1889, und den berühmten Turm baute Gustave Eiffel.*

** *hier: ein leichtsinniger junger Mensch*

tischrunde aus dem Löwen, dann die Nachbarn und die ganzen Familien, alle haben die drei Weltreisenden zum Bahnhof begleitet.
Die Großmutter vom Lori hat geheult, hat den Alten umarmt und zu ihm gesagt: Paß auf dich auf! Komm gesund wieder nach Haus!
Die Blasmusik hat zuerst die siebenbürgische Hymne gespielt, so schön, daß alle Tränen in den Augen hatten. Dann hat sie ein Jagdlied gespielt und zuletzt die Marseillaise, die sie speziell für diesen Anlaß einstudiert hat.
Na, und dann waren die drei weg. Eine Woche lang sind sie in Paris geblieben.
Die Leute in der Gemeinde haben großen Anteil an der Weltreise genommen. Immer wieder hat ein Nachbar den andern gefragt: Was die jetzt wohl machen? Wie es ihnen geht, ob sie zurechtkommen in der Fremde? Was es dort zu sehen gibt! Sind die Leute von Paris grad so verdorben, wie man sich das in der Gemeinde vorstellt? Können die Pariser Deutsch?
Als der alte Lori, der Binder Fritz und der Misch nach Hause gekommen sind, war wieder mehr als die Hälfte der Gemeinde auf dem Bahnhof: die ganzen Familien, die Nachbarn, der Jagdverein und die Feuerwehr, die Blasmusik und die Herren vom Stammtisch.
Die Stimmung war so feierlich wie in der Kirche, man hätte meinen können, es wär Sonntag. Die Frauen haben Blumen mitgenommen. Die alte Binderin war schrecklich aufgeregt, die hat den Fritz nur unter einer Bedingung nach Paris gelassen, nämlich daß er ihr ein Andenken mitbringt.
Als der Zug in den Bahnhof eingefahren ist, hat die Blasmusik die drei Lieder in umgekehrter Reihenfolge gespielt:

zuerst die Marseillaise, dann das Jagdlied und zuletzt die siebenbürgische Hymne. Die Marseillaise hat viel besser geklungen als bei der Abfahrt, denn die Blasmusik hat noch geübt, während die drei Landsleute in Paris waren.
Es war so schön, daß die Frauen alle geheult haben.
Zuerst ist der alte Lori aus dem Zug gestiegen, dann der Binder Fritz und zuletzt der Binder Misch. Die Blasmusik hat noch einen Tusch gespielt, und dann hat der Kapellmeister das Wort ergriffen. Er hat eine sehr schöne Rede gehalten, die am nächsten Tag auch im Grigoriwälder Tageblatt abgedruckt war.
Liebe Pariser, hat er gesagt. Die Welt ist groß, und es gibt viele Gefahren in der Welt. Unsere Heimat ist klein, und die Gefahren sind auch kleiner. Wir freuen uns alle, daß ihr gesund wieder nach Hause gekommen seid, und begrüßen euch herzlich in unserer teuren Heimat.
Die Blasmusik hat noch einen Tusch gespielt, und alle Anwesenden haben Beifall geklatscht. Der Kapellmeister hat ganz feuchte Augen gekriegt, so sehr hat ihn seine eigene Rede beeindruckt.
Nach diesem offiziellen Teil der Begrüßung wurden die Pariser – nur noch so hat man die drei in der Gemeinde genannt – von den Anverwandten und Freunden herzlich begrüßt.
Die Frau vom alten Lori ist gleich nach der Begrüßung nach Hause gegangen, um nach dem Festessen zu sehen.
Die Herren von der Stammtischrunde haben den Lori bis nach Haus begleitet.
Na, wie war es in Paris? haben sie gefragt.
Herrlich, herrlich, hat der Lori gesagt.
Erzähl, haben die anderen gedrängt, und der Lori hat erzählt: Als wir in Paris angekommen sind, haben wir uns zum

Hotel durchgefragt, und als wir im Hotel waren, haben wir zu essen und trinken bestellt, und dann haben wir sieben Tage lang ungestört Karten gespielt, ohne das Hotel auch nur ein einziges Mal zu verlassen. Es war herrlich. Herrlich, sag ich euch. Paris ist eine Reise wert.

Und was ist mit der Uhr vom Lori? fragte Peter.
Die Uhr, wiederholte der Blaser. Der Binder Fritz hat seiner Frau doch was mitbringen müssen aus Paris. Am letzten Tag hat er sich daran erinnert, und dann haben alle drei Männer im erstbesten Geschäft auf dem Weg zum Bahnhof in der Eile je eine Herrentaschenuhr als Mitbringsel für ihre Frauen gekauft.
Die Maritztante war inzwischen auch eingeschlafen. Sie hatte die Geschichte vom Blaser schon unzählige Male gehört.
Die Mitzitante kämpfte gegen den Schlaf an. Die Augen fielen ihr immer wieder zu. Als der Blaser fertig war mit dem Erzählen, weckte sie den Lori fürs Schlafengehen. Der Blaser befeuchtete sich noch einmal die ausgetrocknete Kehle, und dann machten sich die Erntehelfer auf den Heimweg.
Die ersten großen Regentropfen fielen auf die staubige Straße.

9

Ein Beamter, der sich ein Haus bauen wollte, hatte beim Lori einen Wagen Schotter bestellt.
Peter und sein Großvater fuhren mit an den Fluß, um dem Lori zu helfen. Der Lori saß wie gewöhnlich auf dem Kutschersitz, und der Großvater saß neben ihm. Peter hockte auf einer dicken Decke im Wagen. Er wurde hin und her geschleudert und hatte Mühe, sich an den Seitenbrettern festzuhalten. Der Wagen holperte durch die Straßen. Im Wagen lagen zwei große Schaufeln, die bei jedem Loch auf der Straße an die Seitenwände schlugen. Peter hütete sich vor den Schaufeln.
Es dauerte eine ganze Weile, bis sie außerhalb des Ortes waren. Dann fuhren sie an Gemüsegärten vorbei zum Hinterbach. Von dort holte der Lori den Schotter. Vorsichtig fuhr er die Böschung hinunter, nahe an den Bach heran.
Der Hinterbach führte zu dieser Zeit wenig Wasser.
Der Lori und der Großvater nahmen die Schaufeln zur Hand und begannen Schotter auf den Wagen zu laden. Die Schaufeln knirschten im Schotter, und Peter lief eine Gänsehaut über den Rücken. Er ging flußaufwärts, bis das unangenehme Geräusch nicht mehr zu hören war. Da setzte er sich unter eine Trauerweide. Er zog Socken und Sandalen aus und ließ seine Füße in einen Tümpel hängen, der in einem Schotterloch entstanden war. Das Wasser war lauwarm. Peter warf Steinchen ins Wasser. Bald verlor er jedoch die Lust an dem Spiel. Es war zu heiß. Er legte sich ins Gras unter die Trauerweide. Als der Großvater nach ihm rief, mußte er erst überlegen, wo er war, so sehr war er in Gedanken versunken.
Die Grisi und der Großvater hatten einen Brief aus Deutsch-

land bekommen vom Willonkel. Peter war neugierig auf den Brief, aber die Großeltern hatten ihm nicht viel erzählt. Willonkel ist gesund, und er lebt jetzt in Deutschland, er kommt nicht mehr nach Haus, soviel hatte die Grisi nur gesagt.
Der Großvater hatte dem Lori auf dem Weg an den Hinterbach mehr erzählt, und Peter hatte zugehört.
Unser Willi hat geschrieben, sagte der Großvater.
Von wo hat er geschrieben? wollte der Lori wissen.
Peter spitzte die Ohren.
Aus Deutschland. Er ist zu Fuß aus Rußland über Ungarn und Österreich nach Deutschland gegangen. Er will heiraten, und wenn es ihm bessergeht, sollen wir nachziehen.
Hör, Nachbar, auf meinen Rat, sagte der Lori. Wir scheißen hier saftiger, als die in Deutschland jetzt essen. Bleib hier.
Der Großvater antwortete erst nach einer Weile.
Wir denken ja auch gar nicht dran wegzuziehen. Ein Leben lang wohnen wir in unserem Haus ... Und dann die Kinder ...
Peter überlegte: Deutschland war weit weg, Rußland war auch weit weg. Die Großeltern hatten zwei Söhne: einen in Deutschland und einen in Rußland. Beide weit weg. Die Großeltern lebten in Rumänien, zwischen Deutschland und Rußland, durch viele Grenzen getrennt von ihren Söhnen.
Willonkel kam nicht mehr zurück.
Peter dachte an seinen Vater. Eines Tages würde er aus Rußland zurückkommen.
Der Großvater rief noch einmal nach Peter.
Peter suchte seine Socken und Sandalen. Er steckte die Socken in die Hosentasche, schlüpfte in die Sandalen und lief in die Richtung, von wo der Ruf kam.
Der Lori fuhr schon mit dem Wagen die Böschung hinauf. Er

schlug auf die Pferde ein. Marta und Berta gingen fast in die Knie, sie zogen den schweren Wagen mit aller Kraft.
Oben auf der Straße hielt der Lori die Pferde an und wartete.
Steig auf, sagte er zum Großvater.
Ich geh mit dem Jungen, antwortete der Großvater.
Wo ist die Decke? fragte der Lori. Habt ihr die Decke nicht gesehen?
Sie war im Wagen, ich bin auf ihr gesessen, sagte Peter.
Dann ist sie unter dem Schotter, brummte der Lori mißmutig. Ich hab keine Decken mehr zum Wegschmeißen.
Er murmelte einen Gruß, schlug auf die Pferde ein, und bald war der Wagen in einer Wegbiegung verschwunden. Nur die Wasserspuren vom nassen Schotter waren auf der staubigen Straße noch zu sehen.
Du hättest die Decke aus dem Wagen nehmen sollen, sagte der Großvater. Früher, als der Lori noch mit Decken gehandelt hat, da hätte er sich wegen einer Decke nicht aufgeregt.
Warum handelt er nicht mehr mit Decken? fragte Peter.
Das ist nichts für Kinder, antwortete der Großvater.
Peter war nun erst recht neugierig, er bedrängte den Großvater so lange, bis der nachgab und die Geschichte erzählte.
Es war noch vor Mittag. Keine Menschenseele war auf der heißen Straße. Der Großvater nahm den Strohhut ab, setzte ihn aber gleich wieder auf. Er wischte sich den Schweiß aus dem Gesicht. Bei den Gemüsegärten setzten sie sich auf eine Bank unter einen Apfelbaum, und der Großvater begann zu erzählen:

Der Lori hat während des Krieges und auch nachher einen gutgehenden Handel mit Decken und feinen Stoffen getrieben. Er hat viel Geld gehabt und gut gelebt.

Vor der Währungsreform hat er natürlich mehr Sorgen gehabt als wir, die wir nichts mehr hatten. Die Gerüchte haben die reichen Leute, aber auch die, die nicht soviel Geld hatten, sehr beunruhigt. Niemand hat etwas Genaues gewußt. Außer einigen Leuten, und zu denen hat auch der Lori gehört. Der Lori hat von seinem Freund, vom Popa Porcu, dem rumänischen Popen, mit dem er Karten gespielt hat, am Tag vor der Währungsreform genaue Informationen bekommen. Ein junger Beamter, der sich nicht ganz sicher war, ob es unseren Herrgott noch gibt oder tatsächlich nicht mehr gibt, hatte sich das Herz beim Popen erleichtert und ihm bereitwillig alles gesagt, was dieser ihn gefragt hatte.

So war der Lori zu wichtigen Informationen gekommen. Daraufhin ist er gleich nach Wilhelmstadt gefahren zum Herrn Süßmann, einem von seinen Handelspartnern. Das war ein Jude, der ein kleines, gutgehendes Geschäft in der Unterstadt hatte. Der Lori hat dem Herrn Süßmann alle Decken und Stoffe aus dem Geschäft abgekauft und in bar bezahlt. Der Lori hat gesagt, die Zeiten seien unsicher, und er bezahle ab sofort alles nur noch in bar, da wisse man wenigstens, woran man sei, und wenn der Herr Süßmann das Geld nicht wolle, dann müsse er leider zur Konkurrenz gehen. Da der Lori einen guten Preis geboten hatte, willigte der Herr Süßmann ein.

So hat der Lori einen Teil seines Geldes gerettet, und der Herr Süßmann war ruiniert.

Einige Zeit später sind zwei Herren aus Bukarest zum Lori gekommen. Die wollten von ihm feine Kammgarnstoffe kaufen, die sich in der Zeit nicht so gut verkauften, weil die Leute kein Geld hatten. Der Lori hat sich mit den Bukarester Herren rasch auf einen Preis geeinigt. Das war damals

so: Die Hälfte des Preises kam auf die Quittung, die andere Hälfte wurde schwarz gezahlt. Nur so sind die Händler mit ihrer Ware herausgerückt. Zum offiziellen Preis wollte keiner was verkaufen.
Der Lori hat die Quittung ausgestellt, und die Herren haben nur das bezahlt, was auf der Quittung stand. Der Lori hat das Schwarzgeld verlangt. Da haben ihm die beiden Herren ihre Visitenkarten gezeigt. Sie waren keine Schwarzhändler, sie arbeiteten im Ministerium in Bukarest.
Erinnern Sie sich an den Herrn Süßmann, dem Sie einen Tag vor der Währungsreform das ganze Geschäft gegen Bargeld abgekauft haben? hat einer von den Herren gefragt.
Ja, hat der Lori kleinlaut geantwortet. Der Herr Süßmann ist ja aber schon längst in Amerika ...
Das stimmt, hat der fremde Herr gesagt. Wir sind seine Brüder.
Den Lori hat fast der Schlag getroffen, er hat aber die Ware herausgeben müssen, es ist ihm nichts anderes übriggeblieben.
Unser Herrgott schlägt nicht mit dem Stock, sagte der Großvater, er läßt sich Zeit für die gerechte Strafe. Der Lori hat es am eigenen Leib erfahren. Kurz darauf hat er das Geschäft aufgeben müssen, und seit damals macht er Fuhren mit seinen Pferden.
Hast du den Herrn Süßmann gekannt? wollte Peter wissen.
Nein, sagte der Großvater.
Er stand auf, setzte den Hut wieder auf und zog los.
Komm, sagte er zu Peter. Ich hab Durst, und die Grisi wartet mit dem Essen auf uns.
Die Turmuhr schlug zur Mittagsstunde.

10

In der zweiten Augusthälfte war es mit den warmen Sommernächten vorbei. Tagsüber war es noch heiß, aber abends mußte man sich eine Jacke umnehmen. Am Morgen dauerte es eine Weile, bis der Schatten des Hauses von den Pflastersteinen wich.

Peter, Doris und Hanzi gingen barfuß in den Garten. Die Grisi folgte ihnen. Sie trug einen Korb mit vier Blechtöpfchen. Bis die Mittagshitze kam, wollte sie mit den Kindern die Himbeeren ernten. Die Immertragenden gaben reiche Ernte.

Die Kinder nahmen die Blechtöpfchen und begannen die reifen Beeren zu pflücken. Mit Stöcken kennzeichneten sie die Streifen, die jedes abernten mußte. Drei gleich lange Streifen.

Was wir heute sammeln, ist für die Marmelade, sagte die Grisi.

Die Kinder konnten sich leichter bücken als die Grisi. Die Grisi konnte dafür die Himbeeren, die höher wuchsen, besser pflücken.

Peter stellte sein Töpfchen ab und zwängte sich durch die Stauden, um auch die Beeren zu holen, die in den Nachbargarten hingen.

Laß das, Kind, sagte die Grisi, was über den Zaun hängt, das gehört dem Nachbarn.

Im Schatten der Bäume war das Gras noch taunaß.

Die Vormittagsschatten wurden kürzer. Die Kinder füllten die Blechtöpfchen immer wieder, und die Grisi schüttete die Himbeeren in den Korb. Als der Korb voll war, ging sie ins Haus.

Die Kinder verbrachten die Zeit bis zum Mittagessen im Garten und am Bach, der hinter dem Garten vorbeifloß. Seit einiger Zeit schwemmte der Bach allerlei Unrat an den Gartenzaun. Alte Schuhe, tote Hühner, dreckige Fetzen, leere Konservenbüchsen.
Peter suchte einen Stock und schob einen verbeulten, durchlöcherten Topf in die Mitte des Wassers. Der Topf ging unter. Nur sein roter Henkel ragte aus dem Wasser.
Der Topf kann bleiben, wo er ist, beschloß Peter. Der Topf stank nicht. Die zerbrochenen Flaschen konnten auch bleiben, denn die Kinder durften in dem Bach hinter den Gärten schon lange nicht mehr baden. Nur die Lumpen und vor allem das Aas mußten weg, wegen dem Gestank und wegen dem widerlichen Anblick.
Peter legte den Stock hinter den Gartenzaun. Er würde ihn gewiß noch brauchen, wenn der Bach im Herbst nach dem Regen anschwoll und die Leute heimlich ihren Dreck in den Bach warfen.
Hungrig gingen die Kinder zum Haus zurück.
Peter trat auf eine Biene im Gras. Er schrie auf, hüpfte einige Schritte auf einem Bein und setzte sich dann ins Gras. Doris zog ihm geschickt den Stachel aus der großen Zehe. Trotzdem brannte die Stelle teuflisch.
Peter humpelte ins Haus. Er setzte sich auf einen Stuhl, und die Grisi brachte ihm eine Waschschüssel mit kaltem Wasser für den Fuß. Die Zehe war geschwollen. Erst steckte Peter nur die Zehenspitzen ins Wasser, dann den ganzen Fuß. Das Wasser kühlte die heiße Stelle. Peter saß den ganzen Nachmittag da und war nicht bereit, den Fuß aus dem Wasser zu holen, auch dann nicht, als ihm die Grisi versicherte, daß ihm nun nichts mehr weh tun könnte.

Peter tat sich sehr leid. Eine Biene hatte ihn gestochen, der Fuß tat ihm weh, die Grisi kochte Marmelade und hatte keine Zeit für ihn. Es war ihm zum Heulen zumute. Er heulte aber nicht.

Die Grisi schüttete die Himbeeren in einen großen irdenen Topf und gab Zucker dazu. Mit einem Holzlöffel rührte sie langsam im Topf. Die Marmelade durfte nicht anbrennen.

Auf dem Tisch standen die gewaschenen Gläser. Peter schnitt Zellophanvierecke und Bandel zum Abbinden der Gläser.

Endlich hatte er den Fuß aus dem Wasser geholt. Er trat sehr vorsichtig auf. Er hatte keine Lust, auf die Straße zu gehen, obwohl er an dem Lärm, der von draußen kam, erkennen konnte, daß die Nachbarsjungen Fußball spielten. Er fühlte sich mit seinem verletzten Fuß zu schwach dazu.

In der Küche fing es an zu dunkeln. Die Schatten des Nachbarhauses fielen auf die Küchenfenster. Das Feuer blubberte im Ofen. Es roch nach Himbeeren. Von Zeit zu Zeit tropfte die Grisi mit dem Holzlöffel heiße Marmelade auf ein Tellerchen und stellte es auf das Fensterbrett. Die erkaltete Marmelade war aber noch zu flüssig. Die Grisi rührte weiter.

Peter wollte die Grisi oder den Großvater schon seit längerer Zeit etwas fragen, doch nur selten hatte er sie für sich allein. Nur wenn er sie für sich allein hatte, erzählten sie ihm Dinge, die sie sonst lieber nicht erzählen wollten.

Grisi, sagte Peter mit zögernder Stimme, es kommen immer mehr Leute aus Rußland nach Hause.

Es ist ja auch höchste Zeit, daß sie nach Hause kommen. Es ist möglich, daß heut oder morgen auch dein Vater in der Tür steht. Ich bete jeden Abend zu unserem Herrgott, daß er mich diese Freude erleben läßt.

Grisi, was ist mit der Herbert Liese aus der Bachgasse passiert?
Wir haben schwere Zeiten erlebt, und da passiert vieles, sagte die Grisi.
Peter konnte ihr Gesicht nicht sehen. Sie stand zum Ofen gewendet. Sie rührte in der Marmelade, sie schwieg eine Weile, dann begann sie mit leiser Stimme zu erzählen:

Was passiert war in Rußland, das hat man schon gewußt. Alle haben es gewußt, obwohl man so etwas nicht erzählen darf. Auch die Frau vom Bonfert Hans hat es gewußt.
Der Hans und die Liese haben sich in Rußland liebgehabt, und der Hans hätte die Liese vielleicht geheiratet, wenn er zu Haus nicht schon eine Frau und auch zwei Kinder gehabt hätte. Sie haben es schwer gehabt in Rußland, aber sie haben sich liebgehabt, und sie waren in allem Elend doch auch glücklich. Das sagen die Leute.
Der Jakobi Fritz soll gesagt haben, daß einer, dem sich der Magen vor Hunger zusammenzieht und dem der Hintern auf dem Klo im russischen Winter erfriert, daß so einer keine Liebe braucht. Der braucht nur Essen, Schlafen und Wärme. Aber die Liebe ist ja auch Wärme.
Der Hans hat die Wärme bei der Liese gefunden.
Die Leute waren alle so kaputt, daß es sie nicht interessiert hat, was der Hans und die Liese miteinander hatten und daß sie nicht verheiratet waren. Bis das Schreckliche passiert ist.
Die Liese ist von einem Lastwagen überfahren worden, und der Lastwagen hat ihr die Beine abgeschnitten.
Die Leute haben erzählt, die Liese hätte ein Kind kriegen sollen, und da hat sie lieber sterben wollen als ein uneheliches Kind in die Welt setzen, aber andere Leute haben er-

zählt, sie hat einen Unfall gehabt, weil sie so schwach war. Vielleicht ist beides wahr.
Die Liese hat dann, nachdem die Wunden an den Beinen abgeheilt waren, nach Hause fahren dürfen. Sie hat aber nicht nach Haus gewollt. Die Leute haben ihr einen Verschlag in der Baracke gemacht, und dort hat sie zwei Jahre lang gelebt. Der Hans ist zur Arbeit gegangen, und nach der Arbeit ist er immer bei der Liese gewesen. Dann hat er auch nach Hause dürfen.
Dann sind sie gekommen.
Der Hans hat die Liese vom Bahnhof die Marktgasse entlang bis zu sich nach Hause auf den Armen getragen. Die Leute auf der Straße sind stehengeblieben, sie haben die beiden gegrüßt und haben sich nicht getraut, etwas zu sagen.
Der Hans hat geschnauft, er war geschwächt vom Hunger und von der Arbeit. Die Liese war leicht. Trotzdem war sie für den Hans zu schwer.
Der Hans hat die Liese in die Stube gebracht und hat sie auf einen Stuhl an den Tisch gesetzt. Seine Frau ist mit den beiden Kindern im Zimmer gestanden, und keiner hat gewußt, was er sagen oder was er machen soll.
Die Frau vom Hans hat die Liese nicht angesehen. Sie hat leise gesagt: Hans, die Liese gehört zu ihren Eltern in die Bachgasse.
Der Hans hat nichts geantwortet, er hat die Liese wieder auf die Arme genommen und sie zu ihren Eltern gebracht.
Und jetzt leben sie so. Der Hans besucht die Liese jeden Sonntag, auch seine Kinder besuchen sie.
Der Hans ist nicht glücklich, die Liese ist nicht glücklich, und die Frau vom Hans ist auch nicht glücklich. So leben sie.

Während sie erzählte, machte die Grisi immer wieder Pausen.
Als sie fertig war mit dem Erzählen, holte sie die Marmelade vom Ofen. Sie füllte sie in die Gläser und band Zellophan darüber. Sie packte die heißen Gläser in eine Decke ein, um sie vor kaltem Luftzug zu schützen. Die Marmelade mußte an der Oberfläche langsam trocknen und eine Kruste bilden, damit sich kein Schimmel ansetzen konnte.
Die Grisi wusch das mit Marmelade verklebte Geschirr ab.
Deck den Tisch, sagte sie zu Peter.
Peter deckte den Tisch.
Der Großvater kam nach Hause. Er hatte dem Lori beim Schotterabladen geholfen. Der Lori bezahlte ihn dafür.
Wo sind die beiden andern? fragte der Großvater.
Peter ging auf die Straße, um Doris und Hanzi zu rufen.
Doris saß mit noch zwei Mädchen am Rand des Gehsteigs. Sie kicherten, als sie Peter sahen. Anscheinend hatte Doris ihnen von Peters Bienenstich erzählt.
Blöde Gänse, zischte Peter aus sicherer Entfernung.
Hanzi kam heulend aus dem Nachbarhof. Zwei größere Buben hatten ihn geprügelt.
Die erleben was, wenn ich sie erwische, sagte Peter.
Die Kinder gingen in den Hof. Peter schloß das Tor. In der Küche brannte die Lampe. Aus dem Fenster fiel ein Viereck aus Licht in den Hof. Das Fensterkreuz zeichnete dunkle Linien ins Licht.
Die Kinder fröstelten.
Die Grisi öffnete die Tür.
Kommt, Kinder, sagte sie. Der Großvater sitzt schon am Tisch.

11

Der Großvater ging nie in die Kirche.
Der Pfarrer, so lästerte er, wird an meinem Grab folgendes predigen: Er war ein guter Mensch, aber er kam nie in die Kirche.
Den zweiten Teil des Satzes würde er in einem solchen Tonfall sagen, als ob es um die Erbsünde ginge.
Die Grisi ging am Sonntag fast immer in die Kirche.
Die meisten Frauen gingen am Sonntag in die Kirche.
Die Männer waren nicht so fleißige Kirchgänger. Es gab mehrere alte Männer, die ihre Geschäfte mit Gott ohne den Pfarrer ausmachten. Bis sie starben. Dann kam der Pfarrer, und die Trauernden mußten erfahren, was sie schon wußten: daß der Verstorbene ein schlechter Kirchgänger gewesen sei oder eben gar keiner.
Nun war aber an den zwei letzten Sonntagen nach der Kirche etwas vorgefallen, das Peter, Franz, Walter und die anderen Buben sehr beschäftigte.
Als Walter vor zwei Wochen mit seinem Großvater aus der Kirche gekommen war, hatte ein altes, verhutzeltes Weib am Ausgang gestanden.
Nach der Kirche war es üblich, daß die Frauen und Männer noch ein wenig auf dem Kirchplatz standen und einige Worte miteinander wechselten. Man redete über die Predigt, über Neuigkeiten in der Gemeinde oder über die Ernte. Dann wünschte man sich gegenseitig einen guten Appetit und ging zum Mittagessen.
Als Walters Großvater mit seinem Freund, dem alten Kroner, aus dem kühlen dunklen Eingang der Kirche in die Sonne trat, kam das alte Weib auf sie zu.

Die beiden alten Männer kannten die Frau, jeder in der Gemeinde kannte sie.
Es war die Lelerutză.
Sie wohnte in einem kleinen verfallenen Häuschen in der Langgasse. Neben dem Häuschen war ein verwilderter Garten. Die Kinder gingen am Abend nur ungern am Haus und am Garten vorbei. Die kleineren Kinder erzählten sich, die Lelerutză sei eine Hexe.
Bisher aber hatte die Lelerutză keinem etwas Böses getan. Wenn man sie auf der Straße antraf, war sie meistens betrunken. Sie murmelte etwas vor sich hin und torkelte weiter.
Am Sonntag aber vor der Kirche war die Lelerutză nicht betrunken. Sie erkannte Walters Großvater und den alten Kroner sofort. Sie näherte sich ihnen, und als die Männer so taten, als ob die Lelerutză Luft wäre, rief sie ihnen zu: He, du, Walter Fleps, und du, Ger Kroner, jetzt kennt ihr mich nicht mehr! Als ich jung und schön war, da habt ihr mir die Hunderter in den Busen gesteckt ...
Die Lelerutză lachte.
Einige Kirchgänger streckten die Hälse, um zu sehen, was das für ein Lärm sei.
Schweig, zischte der alte Kroner die Frau an. Es hört dich die ganze Gemeinde.
Stört mich nicht, antwortete die Lelerutză.
Was willst du? fragte Walters Großvater.
Geld für eine Flasche Schnaps, war die Antwort.
Beide Männer griffen in die Hosentaschen, und das, was sie nicht auf den Opferteller in der Kirche gelegt hatten, bekam die Lelerutză.
Am nächsten Sonntag erwart ich euch wieder, flüsterte sie und verschwand in der Menge.

Dieser Vorfall spielte sich so schnell ab, daß nur einige Männer in der nächsten Umgebung den Auftritt der Lelerutză bemerkten. Trotzdem erfuhr die ganze Gemeinde, was sich am Sonntag nach dem Kirchgang zugetragen hatte. Die Leute schimpften über die Lelerutză, oder sie schimpften über die Männer. Die meisten aber freuten sich, daß die Schande nicht sie selbst getroffen hatte.
Am darauffolgenden Sonntag waren Walters Großvater und der alte Kroner nicht zu bewegen, in die Kirche zu gehen.
Die Lelerutză stand wie versprochen vor der Kirchentür und wartete auf ihre Herrenbekanntschaften von früher. Als sie feststellte, daß die Erwarteten nicht kamen, griff sie sich zwei andere Männer heraus: die beiden Kirchenväter Müller und Honigberger.
Seltsamerweise zückten die Herren sofort die Geldscheine. Sie ließen die Lelerutză gar nicht zu Wort kommen, sondern ergriffen selbst das Wort.
Unser Herrgott soll dir die Sünden verzeihen, sagte der Herr Kirchenvater Honigberger.
Dir auch, dankte die Lelerutză.
Sie ließ das Geld in ihrer Rocktasche verschwinden, lachte leise vor sich hin und machte sich aus dem Staub.
Die beiden Kirchenväter begaben sich erleichtert und sehr würdevoll zum Mittagessen. Es hieß, daß die alten Männer in der Gemeinde wegen der Lelerutză immer einen Geldschein im Kirchenrock hätten.
Peter, Walter und Franz gingen am Sonntag nach diesen beiden Vorfällen in die Kirche.
Es waren sehr viele Kinder in der Kirche, und dem Herrn Pfarrer fiel das auch auf. Er sagte, daß er sich freue über die vielen Kinder, die den Weg zum Herrn gefunden hätten.

Nach der Kirche gingen die Buben mit langsamen Schritten hinter den anderen Kirchgängern auf den Kirchplatz hinaus. Es geschah überhaupt nichts.
Die Frau Sill, die im Kirchenchor die Solopartien sang, streichelte Peter und Franz über das Haar, was ihnen sehr mißfiel, und sagte mit ihrer hohen Stimme: Einen schönen Gruß an eure Großmütter.
Das war alles.
Peter sah Walter zweifelnd an.
Du hast uns drangekriegt, sagte er. Nicht wahr? Die Geschichte von der Lelerutză hat der Blaser erfunden. So etwas kann hier bei uns nur der Blaser erfinden.
Walter lachte.
Mein ehrenheiliges Wort, sagte er, ich hab gesehen, wie mein Großvater und der alte Kroner der Lelerutză Geld gegeben haben.

12

Die Scheune von Peters Großvater grenzte an die Scheune vom Lori. Es war für Peter ein leichtes, auf den Heuboden vom Lori zu gelangen. Er lockerte ein Brett aus der Wand, die die Scheunen trennte, und schlüpfte durch das Loch zum Lori.
Seitdem sie die Virak nicht mehr hatten, kaufte der Großvater kein Heu mehr. Das übriggebliebene Heu, das die Virak nicht mehr fressen konnte, zerfiel allmählich zu Staub.
Peter zog es vor, auf dem Heuboden vom Lori zu spielen.
Mit Walter und dessen Banknachbar Willi baute er unterirdische Gänge im Heu. Sie bauten eine ganze Stadt im frischen Grummet. Jeder Junge hatte ein Haus, von dem Verbindungswege zu den andern Häusern und zum Marktplatz führten. In den Gängen im Heu war es sehr still, wenn die Jungen sich ruhig verhielten.
Wenn Peter aus seinem Haus wieder ans Licht kam, atmete er tief ein. Er legte sich ins Heu und sah einem Spatzenpaar zu, das im Dachgestühl nistete.
Die Jungen mußten sich still verhalten. Der Lori sah es nicht gerne, daß sie ihm das Heu zertrampelten. Er hatte die Leiter zum Heuboden weggenommen und ahnte nicht, daß es eine Tür zu seinem Heuboden gab, durch die Peter und seine Freunde bequem ein und aus gingen.
Peter kroch gern im Heu herum, aber Walter wurde das bald langweilig. Es gab nur dann Abwechslung, wenn der Lori schimpfend in die Scheune kam.
Ich erwisch euch schon, rief der Lori, und wenn ich euch erwisch, dann habt ihr nichts zu lachen!
Die Buben blieben ganz still.

Der Lori wartete in der Scheune ab, doch keiner von den Jungen rührte sich.

Höchste Zeit, daß eure Väter nach Hause kommen und daß ihr eine anständige Tracht Prügel kriegt. Sonst wird nichts aus euch! rief der Lori, bevor er die Scheune verließ. Er warf das Scheunentor hinter sich zu.

Die Jungen mußten sich sehr beherrschen, um nicht laut loszulachen. Der Lori hätte sie sicher gehört, und das wäre nicht gut gewesen. Walter lockerte eine Dachschindel, und die Jungen sahen in den Hof: Tatsächlich, der Lori entfernte sich, die Gefahr war vorbei.

Die Mitzitante kam selten in die Scheune. Meistens ging sie nur bis in den Hühnerstall. Sie hatte zehn Leghornhennen, die sehr fleißig Eier legten. Am Morgen ging die Mitzitante in den Stall und tastete die Hühner ab. Sie fing sie der Reihe nach, klemmte sie sich unter den linken Arm, und mit dem kleinen Finger der rechten Hand fühlte sie, ob sie ein Ei hatten. Die Hennen, die kein Ei hatten, durften hinaus ins Freie. Die Mitzitante öffnete die Stalltür einen Spaltbreit, und die Henne flog gackernd in den Hof.

Die Hennen, bei denen die Mitzitante ein Ei ertastete, mußten im Stall bleiben, bis sie das Ei gelegt hatten.

Im Hühnerstall gab es drei Nester, in die die Hühner ihre Eier legen konnten. Die Mitzitante hatte in jedes Nest ein Holzei gelegt. Die Hühner sollten sich ein Beispiel nehmen und ihre Eier auch in die Nester legen.

Manchmal gelang es einer Henne, zwischen den Beinen von der Mitzitante hindurch ungetastet ins Freie zu kommen. Die Mitzitante schimpfte dann, aber das Huhn konnte sie nicht mehr einfangen.

Von Zeit zu Zeit suchte sie auch in der Scheune nach Eiern,

denn die ausgerissenen Hennen pflegten ihre Eier mit Vorliebe in der Scheune in Nester zu legen, die gar keine richtigen Nester waren und von denen die Mitzitante auch nicht wußte, wo sie waren.
Wenn die Mitzitante in die Scheune kam, waren die Jungen still und warteten, bis sie wieder in den Hof zurückging.
Der Heuboden vom Lori befand sich über dem Schweinestall, über der Scheune und über dem Pferdestall. Der mittlere Teil des Heubodens war höher gelegen. Dort hielt der Lori kein Heu. Er hielt das Heu über den Ställen.
Walter war das Im-Heu-Spielen zu blöd geworden. Er stieg auf den mittleren, leeren Heuboden, legte sich auf den Bauch und sah durch die Ritzen zwischen den Brettern in die Scheune.
Die Mitzitante suchte nach Eiern, sie murmelte etwas vor sich hin und bückte sich von Zeit zu Zeit. Sie fand ein Nest mit drei Eiern. Vorsichtig legte sie die Eier in die Schürze. Plötzlich tröpfelte etwas von oben auf sie herab. Sie wischte sich mit dem Handrücken durch das Haar und ging in den Hof. Sie sah zum Himmel, er war wolkenlos. Kopfschüttelnd ging sie zum Haus zurück. Auf dem mittleren Heuboden stand Walter mit geöffnetem Hosenschlitz. Es hat geregnet, sagte er und kam sich großartig vor.
Du Schwein, beschimpfte ihn Peter, ich sag es meinem Großvater.
Getrau dich nur, drohte Walter, verschwind von hier, bevor ich es mir anders überlege!
Peter erschrak vor seinem eigenen Mut. Walter war älter und viel stärker als er. Peter räumte das Feld.
Willi stand unentschlossen auf dem Heuboden herum. Walter redete auf ihn ein.

Der Peter ist eh zu klein für uns, sagte er. Die andern lachen uns aus, wenn wir uns mit solchen Pingetzen* abgeben.

Während die Jungen miteinander sprachen, wurde das Brett zur Nachbarscheune auf die Seite geschoben, und Doris und ihre Freundin Rita kamen auf den Heuboden. Sie wollten die Häuschen und die Gänge im Heu sehen.

Walter wurde rot bis hinter die Ohren. Er ließ sich nicht zweimal bitten, kroch auf allen vieren in den Gang im Heu, der zu seinem Haus führte. Doris, Rita und Willi folgten ihm. Es war dunkel in den Gängen. Walter führte die Mädchen auf Umwegen zu seinem Haus.

Die Mädchen hatten Angst, sie würden den Weg aus dem Heu nicht mehr finden. Walter tröstete sie.

In seinem Haus war Platz nur für zwei. Doris setzte sich neben Walter.

Willi ging im Krebsgang bis zur nächsten Wegkreuzung zurück und änderte dann die Richtung. Rita folgte ihm.

Doris und Walter, Rita und Willi waren zwei Wochen lang unzertrennliche Freunde.

Wenn man ein Haus hat, kann man Mann und Frau spielen.

Walter und Doris, Willi und Rita spielten Mann und Frau.

Die Mädchen blieben meistens im Haus und warteten auf die Jungen.

Die Jungen krochen durch die Gänge und brachten aus einem Versteck Äpfel und Birnen.

Dann saß jedes Ehepaar in seinem Haus beim Essen.

Doris hielt eine Birne in der Hand. Einmal biß Walter und einmal biß sie von der Birne. Dann nahm Walter einen Apfel

** kleine Kinder, hier verächtlich gebraucht*

und hielt ihn Doris hin. Einmal biß Doris, einmal Walter in den Apfel, bis nur noch die Griebs übrigblieb. Walter stopfte die Griebs ins Heu.
Nun wußten sie nicht mehr, was sie tun sollten. Sie ließen sich nach hinten fallen und lagen eine Zeitlang still nebeneinander. Walter gab Doris einen spitzen Kuß, und Doris gab Walter auch einen spitzen Kuß.
Dann begann ein neuer Tag mit Arbeiten, Essen und Küssen.
Zum letztenmal spielten sie Mann und Frau an dem Tag, als Peter und Franz das lose Brett in der Wand, die Tür zum Lori, verbarrikadierten.
Peter hatte mißmutig beobachtet, daß seine Schwester und ihre Freundin jeden Nachmittag mit Walter und Willi auf den Heuboden vom Lori gingen. Neugierig war er ihnen mit Franz nachgestiegen. Sehen konnten sie nicht viel. Sie sahen nur, daß die vier in den Gängen im Heu verschwanden. Sie hielten es nicht für ratsam, ihnen zu folgen. Zu hören bekamen sie nur dumpfe Töne. Durch das Heu drangen keine verständlichen Laute.
Peter war wütend. An den Gängen hatte er mitgebaut, und nun gehörten sie den andern. Außerdem störte es ihn, daß Doris mit den andern war.
Peter und Franz saßen mit dem Rücken an die Wand gelehnt auf dem trostlosen leeren Heuboden. Drüben beim Lori waren die andern im Heu. Peters Blick fiel auf den Deckel, mit dem der Großvater früher die Luke schloß, durch die er das Heu für die Virak vom Heuboden in den Stall geschoben hatte. Und schon kam ihm eine Idee. Mit Hilfe vom Franz zog er den schweren Holzdeckel, der aus mehreren aneinandergenagelten Brettern bestand, zum Durchschlupf zu Loris

Scheune. Sie zerrten und schoben an dem Deckel, bis er genau vor dem losen Brett lag. Das Brett war nun nicht mehr lose, es war fester als zugenagelt.
Peter und Franz schlichen sich weg.
Doris wollte als erste den Heuboden vom Lori verlassen. Sie fand jedoch das lose Brett in der Wand nicht. Walter kam ihr zu Hilfe. Aber auch er konnte das Brett nicht finden. Ein Brett war wie das andere, und jedes war fest wie vernagelt.
Es blieb ihnen nichts anderes übrig als der Weg durch die Scheune und den Garten vom Lori.
Sie krochen an den Rand des Heubodens und sahen hinunter. Die Leiter lag auf dem Scheunenboden. An der Wand entlang reihten sich Fässer mit Treber* für die Schweine. Die Treber stanken fürchterlich. Die Fässer waren nicht zugedeckt.
Walter stieg behende auf den Rand des größten Fasses. Er hielt sich an der Scheunenwand und balancierte vom Rand des großen auf den Rand eines kleineren Fasses. Von dort sprang er in die Scheune und vergewisserte sich, daß die Gartentür nicht zugesperrt war.
An einen Fluchtweg über den Hof vom Lori war nicht zu denken, denn der Lori verlor, wenn er wütend war, seine ganze Gemütlichkeit. Sie konnten nur durch den Garten über den Zaun entkommen.
Walter wartete auf Doris und die beiden andern.
Doris setzte den Fuß auf den Rand des großen Fasses. Sie konnte sich nur mit Mühe an der Scheunenwand festhalten. Ängstlich schaute sie nach unten.
Komm schon, rief Walter leise.

* *Rückstände vom Keltern*

Als Doris ihre Haltung veränderte, um aufs kleinere Faß hinüberzuwechseln, verlor sie das Gleichgewicht und rutschte auf den nassen Sandalen ins Faß hinein. Sie schrie laut auf.
Erschrocken zogen sich Willi und Rita ins Heu zurück. Walter warf die Scheunentür hinter sich zu und verschwand durch den Garten.
Wer ist in der Scheune? brüllte der Lori aus dem Hof. Er stürzte in die Scheune.
Hab ich euch nicht gesagt, daß ihr hier nichts zu suchen habt?
Der Lori tobte.
Wo sind die andern? wollte er wissen.
Doris heulte im Treberfaß und gab keine Antwort.
Ich hab schon gesehen, durch den Garten sind die Bälger weggerannt, wetterte der Lori. Er riß die Gartentür auf, aber im Garten war niemand zu sehen.
Dann half der Lori Doris aus dem Faß heraus. Er dreckte sich dabei selbst mit Treber ein. Er versuchte sich abzuputzen und schimpfte unaufhörlich.
Deine Großmutter wird sich freuen, wenn sie dich sieht, sagte der Lori. Als ob sie sich nicht schon genug abrackern muß!
Er öffnete Doris die Scheunentür und begleitete sie bis zum Gassentor, um ihr das Tor aufzumachen. Doris war von Kopf bis Fuß mit Treber eingesaut. Auch das Gesicht war vollgespritzt. Im Hof hinterließ sie eine Treberspur.
Beunruhigt von dem Lärm, kam die Mitzitante in den Hof.
Jesus Maria! Kind, was ist passiert? rief sie.
Was du siehst, sagte der Lori.
Doris getraute sich nicht stehenzubleiben. Heulend lief sie nach Hause. Vor der Haustür blieb sie stehen und rief nach der Grisi.

Der Grisi verschlug es die Stimme, als sie Doris sah. Sie stellte einen Topf Wasser auf den Ofen, und Doris mußte sich im Hof nackt ausziehen. Sie dachte an Rita und Willi, die ihr vom Heuboden aus zusehen konnten, aber sie wagte nicht, sich zu widersetzen.

Mir bleibt auch nichts erspart, sagte die Grisi. Höchste Zeit, daß euer Vater nach Haus kommt!

Sie wusch Doris im Hof mit kaltem Wasser ab. Dann wusch sich Doris noch einmal im Bad. Mit großer Mühe holte sie die Treberreste aus dem Haar.

Das ganze Haus stank nach Treber.

Am nächsten Tag trauten sich die vier unzertrennlichen Freunde nicht mehr auf den Heuboden vom Lori. Sie standen auf der Straße und sahen in die Gegend, unschlüssig, wie das nun weitergehen sollte. Es war soviel Licht auf der Straße . . .

Den Trebergestank wirst du ein Leben lang nicht mehr los, sagte Walter.

Doris sah ihn böse an.

Walter scharrte mit dem Fuß im Straßenstaub. Er sah Doris nicht an.

Dein Bruder erlebt was, wenn er mir über den Weg läuft, sagte er.

Laß mich in Ruh, sagte Doris.

Sie ging in den Hof. Rita folgte ihr.

Damit war das Spiel Mann und Frau aus.

13

Der Herbst kam.
Die Tage waren noch warm und sonnig, die Abende und die Nächte waren aber schon empfindlich kühl.
Der Garten wurde abgeerntet, und die Schule begann.
Peter ging wieder zur Schule. In seiner Klasse gab es eine Neue.
Gleich am ersten Schultag fehlte der Franz, und so setzte die Lehrerin die neue Schülerin neben Peter.
Peter sah angestrengt nach vorn.
Die Neue hieß Auguste. Kein Mensch in der Gemeinde hieß so. Auguste war eine Zugewanderte.
Zu Hause nannte man sie Gusti. Die Lehrerin nannte sie Gustel, denn einen Gusti hatten sie schon in der Klasse. Gusti kam von Gustav und nicht von Auguste.
Schon bald hieß die Neue nur noch die lange Auguste. Sie war lang und sehr mager. Sie überragte Peter um eine Kopfeslänge. Auch das noch.
Die lange Auguste hatte kurzgeschorenes Haar. Vielleicht hatte sie Läuse gehabt. Peter verhielt sich so, als ob sie Läuse und Flöhe hätte. Aber sie hatte keine, sonst hätte Peter das am eigenen Leib spüren müssen.
Zu allem Übel wohnte die lange Auguste in der Marktgasse ganz in der Nähe von Peter. Nach der Schule rannte Peter gleich los, um nicht mit ihr zusammen nach Hause gehen zu müssen.
Franz hatte die Mumps. Vier Wochen mußte er zu Hause bleiben.
Peter wünschte sich wegen Auguste selber die Mumps. Er wünschte auch Auguste die Mumps.

Die Buben in der Klasse hänselten Peter.
Die lange Auguste schien nichts zu merken. Sie saß ruhig in der Bank und sah nach vorn zur Lehrerin oder zur Tafel. Wie sich später herausstellte, kapierte sie überhaupt nichts. Sie saß brav da, man konnte meinen, daß ihr kein Wort von der Lehrerin entging, dabei war sie in Wirklichkeit gar nicht in der Klasse. Wo sie mit ihren Gedanken war, das konnte auch die Lehrerin nicht herausbekommen.
Nach einiger Zeit hatten sich alle an die lange Auguste gewöhnt. Franz wurde gesund, und die Lehrerin versetzte Auguste zu Peters großer Erleichterung in die letzte Bank. Die Jungen hänselten Peter nicht mehr.
Die lange Auguste saß nun in der letzten Bank und schwieg beharrlich. Es sah so aus, als ob sie sitzenbleiben würde. Sie würde niemandem in der Klasse fehlen. Freundinnen hatte sie keine.
An einem Nachmittag stand die lange Auguste plötzlich bei Peter im Hof. Peter sah sie erstaunt an. Noch bevor er den Mund auftun konnte, sagte sie: Zeig mir eure Scheune!
Peter setzte sich in Bewegung, noch immer ohne ein Wort zu reden, und die lange Auguste folgte ihm. In der Scheune sah sie sich genau um.
Warum habt ihr kein Heu auf dem Heuboden? fragte sie.
Peter erzählte ihr die Geschichte von der Virak.
Sie kletterten auf den Heuboden, und Peter zeigte ihr das lose Brett zum Lori.
Sie stiegen vom Heuboden herunter und gingen in den Kuhstall, wo die Zirri stand. Die Zirri ließ sich von der Auguste streicheln.
Wieviel Milch gibt sie? wollte die Auguste wissen.
Vier bis fünf Liter, sagte Peter.

Vom Kuhstall gingen sie in den Schweinestall. Der Schweinestall war leer.
Hier könntest du dir ein Häuschen machen, sagte die Auguste. Wenn du willst, kann ich den Stall scheuern, dann kannst du dir hier ein Häuschen einrichten. Wenn du mir fünfzig Bani gibst, scheuer ich den Stall.
Peter war sehr überrascht, er willigte ein. Fünfzig Bani hatte er, die Idee von der langen Auguste war gut, und er hatte nicht die geringste Lust, den Schweinestall selbst zu scheuern.
Die lange Auguste holte den Hofbesen aus der Scheune und begann zu kehren.
Peter ging zum Brunnen und brachte einen Eimer Wasser.
Der Schweinestall bestand aus zwei Schweinekoben und einem Vorraum. In den Vorraum wollte Peter einen Stuhl stellen. Aus einem Brett und zwei größeren Steinen konnte er einen Tisch oder eine Bank machen.
Die lange Auguste schüttete das Wasser auf den Boden und verwendete den Hofbesen als Scheuerbürste.
Peter stand vor dem Schweinestall und schaute ihr zu.
Die lange Auguste arbeitete wie eine Erwachsene.
Mußt du zu Haus viel arbeiten? fragte Peter.
Jetzt nicht mehr, sagte sie.
Warum bist du zu uns in die Gemeinde gekommen? fragte Peter weiter.
Die lange Auguste drehte sich zu Peter. Sie stützte sich auf den Besen.
Meine Großeltern sind gestorben, mein Onkel hat den Hof bekommen. Meine Mutter ist her in die Fabrik arbeiten gekommen.
Hast du keinen Vater? fragte Peter.

Nein, sagte die lange Auguste und scheuerte den Stall weiter.
Als sie fertig war, gab ihr Peter die fünfzig Bani.
Sie sagte danke.
Franz erschien im Hoftor und rief Peter zum Völkerballspiel auf die Straße. Peter wollte es nicht drauf ankommen lassen, daß Franz ihn mit der langen Auguste fand. Er hätte sich gerne wortlos verdrückt.
Geh nur, sagte die lange Auguste, ich geh später nach Haus.
Sonst lachen die Jungen über dich.
Peter lief erleichtert auf die Straße.
Die lange Auguste stand in der Tür zum Schweinestall und sah ihm nach.

14

Die Grisi bestand darauf, daß die Kinder wenigstens das Gras vor dem Haus jäteten. Zwischen dem Gehsteig und der Straße befand sich ein gepflasterter Streifen, in dessen Mitte eine Rinne für das Regenwasser war. Zu beiden Seiten der Rinne wuchs Gras zwischen den Steinen.

Doris, Peter und Hanzi bekamen von der Grisi alte, stumpfe Messer, mit denen sie das Gras samt den Wurzeln herausstechen sollten. Sie saßen am Rand des Gehsteigs und arbeiteten rasch, um möglichst bald fertig zu werden. Wenn nicht auch andere Kinder aus der Straße jäten mußten, war die Arbeit langweilig.

Doris hatte den Streifen wie immer in drei Abschnitte geteilt. Zwei waren gleich groß, der von Hanzi war kleiner ausgefallen.

Auf der Straße war am Nachmittag viel Bewegung. Alte Frauen saßen mit ihrer Stickerei auf den Bänken vor den Häusern, Kinder spielten Hopsesklass*, hie und da zog ein Pferdegespann durch die Straße, oder ein Lastwagen fuhr vorbei.

Wenn die Kinder mit dem Jäten fertig waren, kehrte der Großvater die Straße. Sie wurde jede Woche mindestens einmal gekehrt, gewöhnlich am Sonnabend. Zuerst bespritzte der Großvater die Straße mit Wasser, damit beim Kehren nicht der ganze Staub hochkam. Dann schwang er den Hofbesen in gleichmäßigen Bewegungen und hinterließ ein Muster von schmalen Rillen im Staub.

Wenn jemand vorbeiging, hielt der Großvater inne. Viele

** ein Hüpfspiel*

Leute kannte er, und sie grüßten einander. In der letzten Zeit kamen aber immer mehr fremde Gesichter in den Ort.
Der Großvater wollte gerade wieder einen Fremden vorbeigehen lassen, aber der Fremde blieb stehen. Er grüßte und stellte sich vor. Dann zeigte er dem Großvater ein Papier. Der Großvater nahm den Besen und ging in den Hof. Der Fremde folgte ihm. Die Kinder liefen ihnen nach.
Der fremde Mann hieß Hermann Hauser, und er hatte eine Wohngenehmigung für den Stall bekommen. Er wollte den Schweine- und den Pferdestall zu einer Wohnung ausbauen. Peter hoffte, der Großvater werde das nicht zulassen. Er wollte den Schweinestall, wo er mittlerweile allerlei Sachen angesammelt hatte, nicht aufgeben. Steine, Metallkugeln, ein Stück harten Leim vom Schuster, ein Stück Kreide, mehrere Nägel, Stiele und Schnüre für Geißeln und noch viele andere Dinge bewahrte er in einem Schuhkarton auf, den er der Grisi abgebettelt hatte. Außerdem war der Stall ein gutes Versteck, man mußte nur die Tür hinter sich schließen. Der Stall hatte eine dicke Holztür mit einem verrosteten Schloß. Peter hatte die Tür geölt, und nun ließ sie sich gut und fast lautlos schließen.
Den Schweinestall wollte er auf keinen Fall freigeben.
Nur ging es, wie so oft, auch diesmal nicht nach seinen Wünschen. Es ging auch nicht nach den Wünschen des Großvaters. Das sah man ihm an. Am liebsten hätte er den Fremden hinausgeworfen aus seinem Hof. Der Mann hatte aber einen Berechtigungsschein, und gegen den war der Großvater machtlos. Er mußte zusehen, wie ihm der Stall weggenommen wurde, und mußte froh sein, daß er keine Einquartierung ins Haus bekam.
Die Nachbarn hatten auch Menschen aufnehmen müssen.

Zugewanderte von weiß Gott wo. Sie kamen wegen der Textilfabrik, in der sie Arbeit fanden.
Herr Hauser begann bald mit dem Ausbau der Ställe. Er putzte sie, dann ersetzte er das rostige Schloß, strich Türen und Fenster weiß, malte die Wohnung aus. Ein Anstreicher half ihm dabei. Die meiste Arbeit verrichtete er aber selbst. Es dauerte nicht lange, und der Mann brachte seine schwangere Frau und seine Tochter in die Wohnung. Irgendwo hatte er einige alte Möbelstücke gekauft.
Die Grisi überlegte den ganzen Tag nach dem Einzug der Familie Hauser, ob sie zu den Fremden gehen sollte. Der Großvater wollte von den Eindringlingen nichts wissen, und die Grisi wußte auch nicht recht, was sie bei ihnen sollte. Trotzdem hatte sie das Gefühl, sie müßte zu ihnen hineinschauen. Vielleicht brauchte die Schwangere irgendeine Hilfe. Wahrscheinlich waren diese Leute auch nicht aus freien Stücken in den Schweinestall gezogen. Freilich, sie hätten dort bleiben sollen, von wo sie gekommen waren, wie der Großvater sagte, aber nun waren sie da, und es ließ sich nichts daran ändern.
In der Nachbarschaft hatte ein Zugewanderter den Hausbesitzer an der Brust gepackt und einfach beiseite geschoben. Es war zu einem Handgemenge gekommen, aber dem Nachbarn hatte es nichts genützt. Er mußte die Eindringlinge einziehen lassen.
An den Herrn Hauser und seine Frau würde man sich gewöhnen müssen. Zu Grobheiten würde es nicht kommen. Der Herr Hauser war ein höflicher, ruhiger Mensch, der immer freundlich grüßte. Insoweit hatten die Großeltern Glück.
Die Entscheidung, ob sie zu den Fremden gehen sollte oder nicht, wurde der Grisi abgenommen.

Es klopfte an die Tür, und als die Grisi öffnete, stand die Frau Hauser mit dem Mädchen auf der Schwelle. Die Grisi bat sie in die Küche und lud sie ein, Platz zu nehmen. Die Frau Hauser setzte sich, und das Mädchen rückte dicht an sie heran. Es war sehr zart und höchstens sieben Jahre alt. Die Frau Hauser hatte einen Topf mitgebracht, sie bat die Grisi um warmes Wasser. Ihr Mann hoffte am nächsten Morgen eine Aragasflasche* zu bekommen.
Das Mädchen hieß Gerda. Gerdi, sagte ihre Mutter. Gerdi ging in die erste Klasse.
Und wie soll das Kleine heißen? fragte die Grisi.
Wenn es ein Mädchen ist, Anneliese. Wenn es ein Junge ist, soll er Roland heißen, sagte die Frau Hauser.
Die Grisi sagte, der Jungenname sei für diese Gegend etwas ungewöhnlich, aber er sei sehr schön.
Ich will Ihnen erzählen, wie ich auf diesen Namen gekommen bin, sagte die Frau Hauser.

Als ich nach Rußland mußte, hat man uns am frühen Morgen auf Viehwaggons verladen. Die Waggons waren schon geschlossen und zur Abfahrt bereit. Da lief ein rumänischer Offizier den Zug entlang und rief aus Leibeskräften nach einem Roland Hauser. Dieser Roland Hauser wurde im letzten Augenblick aus dem Zug geholt und durfte zu Hause bleiben. Damals habe ich mir gedacht, was hat dieser Roland doch für ein Glück, und ich habe mir vorgenommen, wenn ich noch einmal ein Kind bekomme und es ein Bub ist, dann soll er Roland heißen. Roland Hauser, wie jener Glückliche, und der Name soll meinem Kind auch Glück bringen.

* *Flüssiggas, mit dem man einen Gasofen speist*

Nur daß mein Kind in einem Schweinestall zur Welt kommen würde, das habe ich mir nicht vorgestellt.
Wir haben vor dem Krieg in Bukarest eine schöne Wohnung gehabt. Ich war Sekretärin bei Krupp, und mein Mann war Buchhalter bei Siemens. Als Bukarest von den Amerikanern bombardiert worden ist, bin ich mit der Gerdi nach Reps zu meiner Schwiegermutter gefahren. Mein Mann ist später nachgekommen. Ich habe eine furchtbare Angst gehabt vor den Bomben. Den Schlüssel von unserer Wohnung haben wir bei meiner Schwester gelassen. Es war eine geräumige Wohnung im Erdgeschoß, der Besitzer wohnte im ersten Stock. Zum Haus gehörte ein schöner Garten. Dort hat die Gerdi oft gespielt.
Während wir bei meiner Schwiegermutter in Reps waren, haben wir in unsere Bukarester Wohnung eine Einquartierung bekommen, einen rumänischen Offizier aus der Moldau mit Frau und Kind. Meine Schwester hat ihnen die Wohnung öffnen müssen.
Wir sind dann wieder nach Bukarest zurückgefahren. Wir haben in unserem Schlafzimmer gewohnt, und der Offizier hat mit seiner Familie im Wohn- und im Kinderzimmer gewohnt. Die Wohnung hatte ein großes Vestibül, dort standen unsere Möbel, die der Offizier aus seinen Zimmern herausgeworfen hatte. Die Küche haben wir zusammen benützen müssen.
Der Offizier hat sich viel mit uns erlaubt. Als die Verordnung kam, daß alle Deutschen ihre Radios abgeben müssen, hat er mir den Vorschlag gemacht, daß er unser Radio übernimmt. Wir konnten es auf keinen Fall behalten, und er wollte es ja bezahlen. Also habe ich es ihm gegeben. Der Offizier hat ein Päckchen Pfeffer auf den Tisch gelegt. Das war die Bezah-

lung für das Radio. Ich hab schweigen müssen, es ist mir aber verdammt schwergefallen.
So haben wir alles, was wir hatten, Stück für Stück verloren.
Als mein Mann aus Rußland kam – er wurde vor mir entlassen –, wollte er in unsere Bukarester Wohnung zurück. Er klingelte an der Haustür, und es wurde ihm geöffnet. Ein fremder Mann stand in der Tür.
Ich habe früher hier gewohnt, sagte mein Mann.
Jetzt wohnen wir hier, erhielt er zur Antwort.
Mein Mann konnte gerade noch einen Blick auf die Möbel im Vestibül werfen, dann fiel die Tür ins Schloß.
Er ist dann nach Buzău in die Moldau gezogen, weil er dort Arbeit beim Wegebau gefunden hat. Er war Buchhalter bei einer Firma, die früher Derubau, Deutsch-rumänische Baugesellschaft, hieß. Heute heißt sie Sowrom-Construcţii, also Sowjetisch-rumänische Baugesellschaft. Dort fand ich meinen Mann, als ich aus Rußland kam. Er wohnte bei einer Hebamme in Untermiete. Die Gerdi war bei meiner Schwiegermutter in Reps. Ich habe sie nach Buzău geholt. Dort konnten wir aber auch nicht lange bleiben, weil die Gerdi zur Schule mußte, und in Buzău gibt es ja keine deutsche Schule. Darum sind wir hergezogen, nachdem mein Mann die Stelle in der Fabrik bekommen hat.

Als die Frau Hauser schwieg, sagte die Grisi, daß ihr Sohn Peter, der Vater von den drei Kindern, noch immer in Rußland sei. Die Frau Hauser versprach, der Grisi bei der ersten Gelegenheit zu erzählen, wie es ihr in Rußland ergangen ist.
Als sie ging, gab die Grisi ihr drei schöne Äpfel.
Der Großvater trug den Topf mit dem heißen Wasser in die Wohnung im Stall.

Die Grisi rief die Kinder zum Essen.
Was sind das für Leute? wollte Peter wissen.
Anständige Leute, sagte die Grisi, geplagte Leute.

Es dauerte noch eine Weile, bis der Herr Hauser sich die Aragasflasche verschaffen konnte. Die Frau Hauser kam öfters zur Grisi in die Küche. Manchmal holte sie warmes Wasser, und einige Male kochte sie Kartoffeln oder Nudeln. Die Frauen kamen immer wieder miteinander ins Gespräch.
Der Großvater ging mehrere Male in die Wohnung im Stall und lud den Herrn Hauser zu einem Glas Heimatblümchen ein. Den Wein hatte der Großvater selbst gemacht aus den Trauben, die an der Hauswand wuchsen. Die Erwachsenen saßen dann in der geräumigen Küche und erzählten einander, was sie bewegte.
An einem solchen Abend kam die Frau Hauser auf ihre Rußlandjahre zu sprechen. Die Kinder waren auch in der Küche. Die Grisi schickte sie ins Bett, weil sie meinte, das seien keine Geschichten für Kinder. Außerdem war es schon dunkel, also Zeit zum Schlafengehen.
Die Frau Hauser war jedoch anderer Meinung. Die Kinder sollten ruhig zuhören.
Man kann die Kinder nicht vor dem Krieg bewahren, indem man sie schlafen schickt, sagte sie.
Die Grisi gab nach, und die Kinder durften in der Küche bleiben.
Hanzi schlief über dem Zuhören bald ein. Peter und Doris aber spitzten die Ohren, und kein Wort von der Geschichte entging ihnen.
Die Frau Hauser erzählte:

An Gerdis drittem Geburtstag haben wir trotz allem Elend in Bukarest eine kleine Feier gemacht. Es wollte aber keine Stimmung aufkommen. Ein katholischer Priester hatte meinem Mann geraten, in der Kathedrale zu übernachten, denn es sei zu befürchten, daß man die Männer in der Nacht abholen würde. Hermann ist dann in die Kathedrale gegangen, und ich habe mich halb tot vor Angst ins Bett gelegt. Vorher habe ich noch ein Stück Papier in die Klingel getan, denn ich habe mich vor dem Klingeln schrecklich gefürchtet.
Um drei Uhr nachts hat man an die Haustür geklopft und geschlagen. Drei russische und drei rumänische Soldaten standen in der Tür. Sie fragten nach Hermann. Ich sagte, er sei weggegangen und ich wüßte nicht, wo er sei.
Dann kommst du mit, sagte einer von den Soldaten.
Ich kann nicht mitgehen wegen dem Kind, sagte ich.
Gib das Kind zu den Nachbarn, entgegnete der Soldat.
Ich kann das Kind nicht weggeben. Ich geh nicht mit, bis nicht meine Mutter kommt.
Ein Soldat ist dann losgezogen, um meine Mutter zu holen. Ich habe mich derweil anziehen müssen. Dann habe ich die Gerdi geweckt und angezogen. Ich habe einige Kleider, eine Zahnbürste und den Struwwelpeter in die Aktentasche von meinem Mann gepackt für das Kind. Als meine Mutter kam, durfte sie nur das Kind und die Tasche nehmen und mußte gleich wieder gehen.
In der Zeit haben die Soldaten noch andere deutsche Familien aus der Gegend in unsere Wohnung gebracht. Ich habe mein Gepäck gerichtet, eine zusammengerollte Matratze, warme Winterhosen, Stiefel. Ich habe alles Essen aus der Speisekammer eingepackt, auch die Bratenreste von Gerdis Geburtstag.

Am Morgen ist Hermann nach Hause gekommen, um nach mir und dem Kind zu schauen. Beide haben wir gehofft, daß ich bleiben darf, aber die Soldaten haben davon nichts hören wollen. Sie brachten uns und die anderen Familien in einem Lastwagen zum Bahnhof Otopeni. Dort mußten wir über eine Rampe in einen Viehwaggon steigen. Vierzig Menschen in einen Waggon. Die Soldaten haben die Wagen mit schußbereiten Gewehren bewacht.
Gegen Abend hat sich der Zug in Bewegung gesetzt. Wir sind immer nur in der Nacht gefahren. Am Tag ist der Zug gestanden. Einmal pro Tag wurden die Türen beiseite geschoben, damit die Menschen ihre Notdurft verrichten konnten – auf freiem Feld und umzingelt von bewaffneten Soldaten.
Ab der russischen Grenze haben wir Verpflegung bekommen, jeden Tag zwei Schöpflöffel voll Graupen.
Die Reise hat vierzehn Tage gedauert.
Mein Mann und ich sind in ein Lager bei Krasnodon gekommen.
In diesem Lager waren etwa tausend Menschen untergebracht. Sie wohnten in Baracken nach Geschlechtern getrennt. Am nächsten Tag wurden wir in Gruppen eingeteilt für die Schichten im Kohlebergwerk: die Früh-, die Mittags- und die Nachtschicht. Jede Schicht arbeitete acht Stunden, ein Mensch arbeitete einen Monat lang in derselben Schicht, immer sechs Tage Arbeit, und der siebente Tag war der Ruhetag. Im Sommer aber mußten die Leute am Ruhetag noch früher aufstehen, um auf den Feldern der Kolchose zu arbeiten.
Das Kohlebergwerk lag sechs Kilometer vom Lager entfernt. Die deutschen Truppen hatten auf ihrem Rückzug die

Eingänge gesprengt. Wir mußten nun die Eingänge wieder freilegen. Lange Zeit wurde ein Noteingang in die Grube benutzt. Holzleitern führten in einem engen Schacht bis in vierhundert Meter Tiefe. Das Wasser floß an den Wänden herab. Ich habe mich gewundert, daß die Menschen unten heil angekommen sind.

Unten mußten wir etwa einen Kilometer weit im Dunkeln gehen. Die Grubenlichter, von keinem Glas geschützt, gingen immer wieder aus. Am Ende des langen Ganges war das Kohleflöz. Russische Hauer holten die Kohle aus dem Flöz, die Kohle fiel auf ein Sieb, und von dort kam sie in die Loren. Ich mußte mit noch zwei Frauen die Lore zum Förderkorb bringen. Manchmal sprang die Lore von den Weichen, dann mußten wir sie wieder auf die Weichen heben. Diese Arbeit war sehr schwer. Im Fahren sind wir auf die Lore gesprungen und über die Kohle gebückt durch einen schmalen Stollen zum Förderkorb gefahren.

Die schwerste Arbeit war aber das Abstützen der Erde, nachdem der Hauer die Kohle herausgeschlagen hatte. Der Hauer lag in einem dunklen schmalen Loch in der Erde und hämmerte gegen den Flöz. So kam er Stück um Stück durch die Erde weiter. Die Frauen lagen ebenfalls in den schmalen Gängen. Sie mußten die Gänge mit Holzsparren abstützen.

Die Russen, meistens waren es Frauen, haben in der Grube genauso schwer gearbeitet wie wir.

Bei der Arbeit in den dunklen Gängen ist mir einmal etwas Furchtbares passiert. Mein Grubenlicht war ausgegangen. Ich wollte in den großen Gang zurückkriechen und habe mich in den vielen schmalen Gängen im Dunkeln verirrt. Von wilder Angst gepackt habe ich geschrien, aber niemand hat mich gehört. Als ich erschöpft aufhörte zu schreien, habe ich von weitem das Hämmern des Hauers gehört. Ich bin in die Richtung gekrochen, aus der das Hämmern kam, und so habe ich den Weg zum Hauer gefunden. Er hat mir gezeigt, wo ich in den großen Gang zurückkriechen kann. Der Vorarbeiter hat mich gleich wieder an die Arbeit geschickt, aber ich wollte um nichts in der Welt in den schmalen Gang zurück. Ich sagte, ich sei krank. Da ließ mich der Vorarbeiter ins Lager gehen. Ich schaffte es, allein im schwachen Schein des Grubenlichtes an die Erdoberfläche zu klettern. Beim Grubenausgang wurden gerade drei Kranke auf einen Pferdewagen aufgeladen. Ich bin zu ihnen gestiegen. Es war drei Uhr nachts. Wir wurden alle zum Arzt gebracht.

Ich habe dem Arzt gesagt, daß ich nicht krank bin, daß ich aber nicht mehr in den schmalen Schacht kriechen konnte.

Der Arzt, ein deutscher Gefangener, sagte: Ich werde Ihnen jetzt das Fieber messen, und Sie werden Fieber haben. Ich solle das aber nicht noch einmal machen, denn ich brächte mich nur in Gefahr, mich selbst und ihn, den Arzt, auch. Ich habe mich danach nicht mehr krank gemeldet.

Im Grunde habe ich in dem ganzen Unglück doch viel Glück gehabt. In den dreieinhalb Jahren in Rußland war ich trotz Hunger, Kälte und schwerer Arbeit nur ein einziges Mal krank.

Mir ist es in Rußland bessergegangen als meinem Mann. Hermann hat schon immer zuwenig Luft gekriegt, auch zu Hause schon. In Rußland hat er dann Asthmaanfälle bekommen.

Zuerst haben wir im selben Schacht gearbeitet, dann aber hat Hermann einem russischen Offizier seine Uhr und seine Füllfeder geschenkt, und von da an durfte er an der Erdoberfläche Kohle schippen. Am Abend war er immer so müde,

daß er sich nicht einmal mehr waschen wollte. Ich habe aber nicht lockergelassen. Ich habe ihn zur Badebaracke gebracht, und er hat sich gewaschen. Ich bin der Meinung, man darf sich nicht gehenlassen, denn das ist das Ende.
Ich habe mir vom Brot immer ein wenig abgespart und habe es dann im Basar im Dorf gegen Milch eingetauscht. Die Milch hat Hermann trinken müssen.
In Rußland sind viel mehr Männer gestorben als Frauen, obwohl sie gleich schwer gearbeitet haben. Die Frauen sind zäher.
Ein Jahr lang war Hermann in Rußland. Dann kam ein Befehl, daß alle Polen, Tschechen und Juden nach Hause dürfen, alle außer den Rumäniendeutschen und den Reichsdeutschen.
Ich habe mich erinnert, daß Hermann einen Geburtsschein in kyrillischer Schrift hat und daß sein Geburtsort Hatzfeld einmal zu Jugoslawien gehört hat.
Du reichst sofort ein Gesuch ein für die Heimreise, habe ich gesagt. Aber er wollte davon gar nichts hören. Ich habe Angst gehabt, daß ich Hermann mit seiner angeschlagenen Gesundheit nicht durch noch einen russischen Winter bringen kann, und ich habe gesagt, er muß Rücksicht auf Gerdi nehmen. Ich habe mich durchgesetzt. Heimlich habe ich gehofft, daß ich mit meinem Mann nach Hause darf.
Dann war es soweit: Hermann wurde aus dem Lager geführt. Nachdem er weg war, habe ich die Nerven verloren. Ich habe geweint und geschrien und habe mich in den Stacheldrahtzaun gehängt. Meine Leidensgenossen haben lange auf mich einreden müssen, bis ich bereit war, vom Stacheldraht wegzugehen.
Ich bin dann noch zweieinhalb Jahre in Rußland geblieben.

Der zweite Winter in Rußland, 1946/1947, war der furchtbarste. Der Wind hat Tag und Nacht geheult, und nichts hat gegen die eisige Kälte genützt.
Einmal bin ich ganz erschöpft aus der Nachtschicht gekommen. Auf dem Heimweg habe ich gedacht, ich kann die sechs Kilometer bis ins Lager nicht durchhalten. Ich habe mich aber immer wieder aufgerafft und habe mich im Lager sogar noch gewaschen, trotz Müdigkeit und Schwäche. So gegen halb zwei bin ich dann endlich im Bett gelegen. Ich habe noch nicht geschlafen, als eine Frau aus meiner Schicht ins Zimmer gekommen ist.
Die Christel Müller sei auf dem Heimweg zusammengebrochen. Ob ich nicht mitkomme, sie hätte noch zwei Männer geweckt.
Zu viert haben wir uns auf den Weg gemacht. Die Christel Müller ist bewußtlos im Schnee gelegen. Die Jacke war ihr hochgerutscht. Ihr Bauch war eiskalt. Wir haben die Christel an den Händen und an den Füßen gepackt und ins Lager geschleppt.
Am Morgen bin ich zum Arzt gegangen, um nachzufragen, was mit der Christel sei. Die Christel war tot.
Ich habe gefühlt, wie mir das Herz erfriert.
Ich habe viel an die Christel denken müssen, obwohl ich sie nicht näher gekannt habe. Damals habe ich mir fest vorgenommen, nicht in Rußland zu sterben.
Zwei Wünsche hab ich vor allem gehabt. Ich wollte nicht mehr in die Grube gehen, und ich wollte in der Küche arbeiten, um mich satt zu essen. Eine Stelle in der Küche habe ich nie bekommen, und ich hab oft bedauert, daß ich Sekretärin und nicht Köchin bei Krupp gewesen bin.
Die Menschen in Rußland waren immer hungrig. Die mei-

sten Deportierten, die in der Grube arbeiteten, stahlen Kohlen, um sie gegen Essen bei den Russen einzutauschen.
Ich habe ein Seil gehabt, an das ich zwei Kohlestücke angebunden habe. Die Kohle war tiefschwarz und glänzend. Sie war sehr schwer. Ich habe mir das Seil unter der Steppjacke um den Hals gelegt und die Kohle so zu meinen Kunden ins Dorf gebracht. Einmal bin ich zusammengebrochen, weil die Kohlestücke zu schwer waren, aber ich habe nicht aufgegeben. Für ein Stück Kohle habe ich einen Maiskolben, ein Stück Fladen oder einmal sogar ein Schälchen Reis bekommen.
Manchmal, wenn wir von der Arbeit durchs Dorf gekommen sind, beschimpften uns Jugendliche. Hitleristen nannten sie uns. Wenn die Wachmannschaften nicht aufpaßten, schlugen sie nach den gestohlenen Kohlestückchen, die sie unter den Mänteln wußten. Die alten Russen haben uns nie beschimpft.
Nach zwei Jahren bin ich in ein anderes Lager gekommen. Dort habe ich im Tagebau gearbeitet.
In diese Zeit fällt mcin schönstes Erlebnis in Rußland. Ich war mit noch einer Frau zum Jäten auf einen Kolchos geschickt worden. Es war gerade am Ostersonntag.
Zwei Russinnen gingen zur Kirche. Sie trugen einen Korb, in dem Gebäck und Eier waren, die sie in der Kirche weihen lassen wollten. Sie gingen an uns vorbei, aber nach einigen Schritten kehrten sie um. Sie schenkten uns ein Ei und ein Stück von dem Gebäck. Wir haben uns über diese Geschenke sehr gefreut. Wir haben uns ins Gras gesetzt, haben das Ei und das Gebäck gegessen und von zu Hause gesprochen. Diesen Ostertag werde ich bestimmt nie vergessen.
Im Lager kamen immer wieder Gerüchte über unsere bevor-

stehende Heimkehr auf. Die Offiziere gaben auf die Frage: Wann dürfen wir nach Hause? immer dieselbe Antwort: Bald. Ein zufällig hingeworfenes Wort beflügelte unsere Hoffnung. Ohne die Hoffnung auf die Heimkehr hätten wir das alles nicht durchgehalten.

Die letzten drei Monate habe ich auf dem Bau gearbeitet, habe Steine und Mörtel geschleppt. Die Arbeit war viel leichter als im Bergwerk. In diesem Lager waren lauter Ungarn. Das Lager war sehr sauber, und es war besser organisiert. Wir hatten dort auch mehr Freiheit. Wir durften in ein nahe gelegenes Wäldchen spazieren und konnten uns die Kleider in einem Bach waschen.

Nach dreieinhalb Jahren durfte ich dann wirklich nach Hause. Alle hundertfünfzig Rumäniendeutschen aus dem Lager durften nach Hause. Die letzten Tage mußten wir nicht arbeiten.

Wir wurden mit einem Lastwagen zum Bahnhof gebracht. Dort mußten wir einen Tag und eine Nacht auf den Zug warten. Wir waren alle furchtbar aufgeregt.

Am nächsten Morgen sind wir in den Zug gestiegen und losgefahren. In den Viehwaggons waren Pritschen zum Schlafen. Jeder Waggon hatte in einer Ecke ein Klo. Die Frauen und die Männer waren getrennt untergebracht. Es gab auch ein Mutter-und-Kind-Abteil. Acht Frauen und ihre in Rußland geborenen Kinder waren in diesem Abteil. Die Russen hatten acht kleine Holzbetten für die Kinder gezimmert. Die Väter, die sich zu den Kindern bekannten, durften mit nach Hause. Es waren meist verheiratete Männer, deren Frauen zu Hause geblieben waren. Fast alle Rußlandkinder verließen das Land ohne die Väter.

Auf der Rückreise sind wir nicht mehr bewacht worden.

An der rumänischen Grenze bei Focşani kamen wir in ein Auffanglager, und am nächsten Morgen erhielten wir Entlassungsscheine, Bahnkarten für die Weiterfahrt und etwas Geld. Dann waren wir frei.
Ich stand auf der Straße und war ziemlich ratlos. Von meinem Mann und dem Kind hatte ich keine Nachricht mehr bekommen. Also beschloß ich, zu meiner Schwester nach Wilhelmstadt zu fahren. Ich trottete hinter den andern her zum Bahnhof. Dort stiegen wir in einen Viehwaggon. Erst in Kronstadt, als wir den Zug wechseln mußten, wagten wir es, in einen Personenwagen umzusteigen.
In Wilhelmstadt auf dem Bahnhof habe ich Leute gefragt, wo meine Schwester wohnt. Ich habe sie schnell gefunden. Die Gerdi war nicht bei meiner Schwester. Sie war bei meiner Schwiegermutter. Einige Stunden später saß ich wieder im Zug und fuhr zu meinem Kind.

15

Frau Hauser war ihr Radio für ein Päckchen Pfeffer losgeworden. Der Großvater hatte sein Radio nicht hergegeben. Er hatte es in einer Truhe auf dem Dachboden versteckt. Eines Tages holte er es wieder herunter.
Wir leben von aller Welt abgeschnitten, sagte er. Nichts wissen wir von dem, was in der Welt geschieht.
Das Radio war ein Mende aus dem Jahr 1936. Der Großvater hatte es auf Wunsch seines Sohnes Willi gekauft. An diesem Radio hatte Willi mit seinen Freunden die Reden des Führers gehört. Sie hatten militärische Haltung angenommen beim Zuhören, und die Stimmung war ganz feierlich. Der Großvater war der Meinung gewesen, sein Sohn solle lieber ans Heiraten denken und die Politik seinlassen.
Vier Jahre lang war der Großvater im Ersten Weltkrieg Soldat gewesen, und anschließend war er fünf Jahre lang in Rußland in der Gefangenschaft. Seit damals war ihm alles Militärische zuwider.
Eines Tages war Willi verschwunden. Zusammen mit noch zwei Freunden hatte er sich zur Waffen-SS gemeldet.
Als die Großmutter es erfuhr, heulte sie den ganzen Tag, und der Großvater getraute sich nicht, ihr zu sagen, daß es ein Gesetz gab, nach dem rumänische Staatsbürger, die in einem fremden Heer dienten, die rumänische Staatsbürgerschaft verloren.
Der Lori hatte den Großeltern damals gratuliert, der Willi sei ein Prachtkerl, er werde dem Reich dienen. Die Grisi konnte das nicht trösten. Sie hatte ihren Sohn seit damals nicht mehr gesehen.
Seit dem Radiokauf hatten sich die Zeiten gründlich geän-

dert. Zuerst gab es begeisterte Reden und Erfolgsmeldungen im Radio, dann kamen Katastrophenmeldungen, dann wurde das Radio im Gerümpel auf dem Dachboden versteckt, und nun holte es der Großvater heimlich wieder in die Wohnung und versuchte am Abend bei verschlossenen Fenstern und Türen ausländische Sender zu hören.
Radiohören war gefährlich. Wer erwischt wurde, daß er sich von fremden Sendern Informationen über die Lage in der Welt besorgte, der mußte mit einer Gefängnisstrafe von einem Jahr und mehr rechnen.
Am Abend kamen der Lori, der Herr und die Frau Hauser zu Peters Großeltern. Als es zu dunkeln begann, schloß die Grisi die Fensterläden und die Fenster. Sie schloß auch die Tür ab. Im Wohnzimmer brannte nur ein kleines Tischlicht. Der Großvater stellte das Radio an. Ein Zischen und Pfeifen kam aus dem Gerät, schrille Töne und Brummen. Dazwischen wurde in allen Sprachen geredet, und niemand konnte etwas verstehen. Die Sender überlagerten sich, und zusätzlich wurden sie auch noch gestört. Wenn eine deutsche Stimme aus dem Äther kam, stockte allen der Atem. Keiner sagte etwas, sie saßen da, sahen gebannt auf das Radio und warteten auf Nachrichten.
Immer wieder kamen klare Worte durch die schrillen Störlaute, die das Trommelfell durchbohrten.
Judenmorde in Auschwitz, Maidanek, Treblinka, genau geplanter und gewissenhaft durchgeführter Völkermord durch die Deutschen. Ein Bericht über die Nürnberger Kriegsverbrecherprozesse.
Den Zuhörern blieb die Sprache weg.
Als erster fand der Lori die Worte wieder. Erst ratlos, erschrocken, dann wütend sagte er: Diese Amerikaner, die

Verräter... die Russen, die Kommunisten ... alles ist nur Propaganda, das gibt es nicht, Millionen von Morden, das gibt es nicht, alles ist nur kommunistische Propaganda, gegen uns, die Deutschen, gerichtet.
Er war ganz rot angelaufen, er gestikulierte heftig, und die Grisi flüsterte aufgeregt: Lori, beruhige dich, nimm dich zusammen, du bringst uns ins Verderben, man hört dich von draußen ...
Ich werde Ihnen etwas erzählen, Herr Lori, sagte Herr Hauser mit zitternder Stimme. In Buzău, wo ich das letzte Jahr gearbeitet habe, da hab ich bei einer alten Rumänin gewohnt. Sie hatte ein anderes Zimmer an ein jüdisches Ehepaar vermietet. Meine Frau kam mit der Jüdin ins Gespräch. Sie war aus Polen, aus Galizien. Es war ihr gelungen, aus einem Konzentrationslager zu fliehen. In der Nacht, in der sie ihr eigenes Grab schaufeln mußte. Sie stand mit noch anderen Juden am Massengrab, die deutschen Soldaten umzingelten sie, und bevor das Kommando zum Schießen kam, ist die Frau losgerannt, hat sich auf den Boden geworfen und ist irgendwie im Dunkeln verschwunden. Die Soldaten schlugen keinen Lärm. Die Exekutionen fanden in aller Stille statt. Wie durch ein Wunder ist die Frau den Mördern entkommen. Ein polnischer Bauer hat die Frau drei Monate lang im Heu versteckt. Er hat ihr täglich zu essen gebracht. Dann sind die Russen näher gerückt, und die Frau ist weitergeflüchtet. Am Kriegsende war sie in der Moldau. Fragen Sie einmal diese Frau, was man mit den Juden im KZ gemacht hat!
Herr Hauser schnappte nach Luft. Sein Asthma machte ihm zu schaffen. Wenn er sich aufregte, hatte er immer Atemnot.
Der Lori sah den Herrn Hauser argwöhnisch an.

Die rumänischen Juden wurden nicht deportiert, sagte er.
Es war sehr ruhig im Zimmer. Die Grisi stellte das Radio ab und öffnete ein Fenster in der Küche. Ganz leise, fast flüsternd begann sie zu erzählen:
Ich erinnere mich an ein Erlebnis aus der Zeit nach dem Einmarsch der deutschen Truppen. Ich glaube, das war im Herbst 1941. Ich war in Wilhelmstadt einkaufen und ging die Heimberger Straße entlang. Ein Mann in Häftlingskleidern und mit dem Judenstern an der Brust kehrte die Straße. Der Mann kam mir bekannt vor. Ich war sehr verwirrt und hab noch einmal hingesehen. Da hab ich ihn erkannt. Es war der Doktor Weiß, der berühmte Frauenarzt. Ich bin früher einmal seine Patientin gewesen. Was war das doch für ein guter Arzt! Ich hab ihn grüßen wollen. Der Herr Doktor Weiß hat mich erkannt. Ich hab es an seinen Augen gesehen, aber er hat gleich weggeschaut, um mir das Grüßen zu ersparen. Ich bin weitergegangen. Das Ganze hat sich innerhalb weniger Sekunden abgespielt. Nachher hab ich mich ganz elend gefühlt. Ich habe nicht verstehen können, warum der Doktor Weiß in dem Aufzug die Straße kehren mußte. Alle Leute haben ihn gekannt und erkannt, und keiner ist stehengeblieben und hat was gesagt. Ich hab mich damals furchtbar geschämt, und ich schäme mich auch jetzt noch, daß ich ohne etwas zu sagen an ihm vorbeigegangen bin.
Der Großvater stützte den Kopf auf die Hände.
Jetzt fällt mir ein Erlebnis ein, sagte er, das auch schon mehrere Jahre zurückliegt. Ich kam in Wilhelmstadt die Salzgasse hoch, es war Samstag mittag, und die Juden waren in der Synagoge und feierten den Sabbat. Legionäre in ihren grünen Uniformen und mit Gummiknüppeln bewaffnet hielten sich in der Nähe der Synagoge auf. Die Schulkinder ka-

men aus der Schule. Die Legionäre haben sie aufgefordert, Steine und Erdklumpen gegen die Synagoge zu werfen. Zuerst weigerten sich die Kinder. Die Legionäre ermunterten sie aber, keine Angst zu haben, und als der erste Stein gegen die Synagoge flog, dauerte es nicht mehr lange, bis ein Steinhagel losging. Die Kinder überboten sich gegenseitig wie in einem sportlichen Wettkampf. Sie hielten erst inne, als die Juden aus der Synagoge gelaufen kamen und versuchten, die Kinder zu verscheuchen. Die Juden waren festlich gekleidet, sie trugen Kaftane, und die Reichen trugen Zylinderhüte. Die Legionäre griffen die Juden mit den Gummiknüppeln an. Ich hab das selbst gesehen.
Die Partei der Legionäre ist bald darauf verboten worden, aber ihr Ungeist blieb. Alles wurde noch viel schlimmer, als die Deutschen einmarschierten. Was haben die Leute den jüdischen Händlern aus der Wilhelmstädter Unterstadt nicht alles an die Fenster und Wände geschmiert! Dem Delikatessenhändler Rosenbaum haben sie ein Plakat an die Tür angeklebt: Wer hier einkauft, ist ein Volksverräter!
Kein Wunder, daß die Juden angefangen haben auszuwandern.
Nach einer Pause fuhr der Großvater fort: Im Krieg hab ich immer noch die Hoffnung gehabt, daß er einmal aufhört. Jetzt ist der Krieg schon seit Jahren aus, und unsere Söhne sind noch immer nicht zu Hause. Aus dem Radio kommen Nachrichten, die dir die Haare zu Berge stehen lassen. Es ist zum Verzweifeln.
Der Krieg wirft lange Schatten, sagte der Herr Hauser.
Es hat schon immer Judenverfolgungen gegeben, auch früher, sagte der Lori und erhob sich zum Gehen.
Der Herr Hauser erhob sich ebenfalls und sagte scharf: Da

haben Sie recht. Es hat auch früher Judenverfolgungen gegeben, sagen wir besser, Menschenverfolgungen. Es gab immer Verfolger und Verfolgte. Aber eine solche Menschenjagd und eine solche perfekte Todesmaschinerie wie im Zweiten Weltkrieg hat es noch nie gegeben.
Sie reden ja wie die Zeitung, sagte der Lori. Sie Kommunist!
Das klang beleidigend.
Sie unverbesserlicher Nazi! rief der Herr Hauser und verließ nach einem kurzen Gruß in die Richtung der Großeltern die Wohnung.
Die Frau Hauser folgte ihm.
Im Zimmer war eine unheimliche Stille.
Der Hauser zeigt mich noch an, sagte der Lori.
Du mußt halt den Mund nicht so voll nehmen, brummte der Großvater, dem es nicht recht war, daß dieses Gespräch in seinem Haus stattgefunden hatte.
Er zeigt dich nicht an, sagte die Grisi, so was tut er nicht.
Der Lori verabschiedete sich.
Die Grisi machte das Deckenlicht nicht an. Sie öffnete die Fenster und ließ Luft herein. Der Großvater holte eine Decke und packte das Radio ein. Er hatte es mit der Angst zu tun bekommen. Das Radio kam noch in derselben Nacht auf den Dachboden in die Truhe mit dem Gerümpel.

16

Der Großvater richtete die Sandmieten für die Möhren, die Petersilie und die roten Rüben, die eingekellert werden mußten. Im Sand hielten sie sich lange. Der Keller wurde für den Winter vorbereitet. Der Großvater hatte Kartoffeln und Äpfel gekauft, denn die Ernte aus dem eigenen Garten reichte nicht für den ganzen Winter. Die Grisi hatte Marmelade und Kompott eingekocht und Gurken eingelegt. Die Gläser standen sauber beschriftet in den Regalen. Das Krautfaß war voll. Nur die Gemüsemieten waren noch leer.
Peter ging mit dem Großvater in den Garten, um die Möhren und Petersilienwurzeln zu ernten.
Bei dieser Arbeit hatte er den Großvater wieder für sich allein.
Großvater, ist mein Vater auch ein Held? fragte Peter.
Der Großvater warf eine Möhre in den Korb, richtete sich auf und sah verwundert zu Peter.
Nein, sagte er unwirsch. Was ist das für eine Frage?
Der Willi hat gesagt, wenn wir den Krieg gewonnen hätten, dann wäre sein Vater jetzt ein Held.
Soso, entgegnete der Großvater, aber jetzt ist er ein Kriegsverbrecher, ein kleiner, aber trotzdem einer. Und darum ist er nach dem Krieg im Gefängnis gesessen. Der Vater vom Willi war einer von denen, die deinem Vater das Tor vollgeschmiert haben. Na ja, das war auch eine Heldentat. Und daß er die Mutter vom Willi mit dem Kind hat sitzenlassen, ist auch eine Heldentat.
Der Großvater hatte sich in Wut geredet.
Wieso hat der Vater vom Willi seine Mutter sitzenlassen? Ist er nicht gestorben? Der Willi hat gesagt, sein Vater ist tot.

Für den Willi ist er wahrscheinlich tot. Aber sonst lebt er, und zwar in Deutschland in der amerikanischen Zone.
Nach einer kurzen Pause brummte der Großvater: Das hätte ich dir alles nicht sagen sollen. Paß auf, was ich dir jetzt erzähl. Und daß du kein Wort darüber redest!
Der Großvater setzte sich auf einen Schemel zwischen die Möhrenbeete und begann zu erzählen:

Die Eltern vom Willi haben kurz vor dem Krieg geheiratet. Der Vater vom Willi – der Willi war damals noch gar nicht auf der Welt –, der Vater mußte dann zur Ausbildung ins Reich, und als er zu Hause zu Besuch war, ist gerade der Willi auf die Welt gekommen. Sieben Tage war er zu Besuch, und dann ist er wieder in den Krieg. Was er im Krieg gemacht hat, kann ich dir nicht sagen. Er hat es jedenfalls zum Oberleutnant gebracht. Nach dem Krieg hat er nach Hause kommen wollen. In Linz ist er zum Friseur gegangen, um sich die Haare stutzen zu lassen, damit er zu Hause nicht wie ein Landstreicher ankommt. Der Friseur hat ihn in seiner Frisierstube sitzen lassen, ist zum Telefon gerannt und hat die Polizei verständigt. Der Vater vom Willi ist sein Vorgesetzter an der Front gewesen, und der Friseur hat ihn erkannt. Wahrscheinlich hat er unangenehme Erinnerungen an ihn gehabt. Der Vater vom Willi ist dann ein Jahr im Gefängnis gewesen unter ganz schweren Bedingungen. Als sie ihn freigelassen haben, waren die Grenzen gesperrt. Er hat eine Frau kennengelernt, die hat ihn bei sich aufgenommen. Sie haben auch ein Kind. Und die Mutter vom Willi, was soll sie dem Willi von seinem Vater erzählen? Daß er ein Held war, das braucht sie ihm nicht zu erzählen. Daß er tot ist – das stimmt in gewissem Sinne.

Ich hab dir jetzt die Geschichte erzählt, aber du hältst den Mund. Kann ich mich auf dich verlassen? fragte der Großvater.

Mein ehrenheiliges Wort, ich sag es niemand, versicherte Peter. Aber warum soll ich es niemand sagen?

Die Mutter vom Willi muß es dem Willi selber sagen, daß sein Vater lebt. Wahrscheinlich will sie es ihm später sagen, wenn er größer ist. Darum sollst du den Mund halten, erklärte der Großvater.

Was wäre passiert, wenn wir den Krieg gewonnen hätten? fragte Peter.

Wir, sagte der Großvater, dein Vater, deine Mutter, die Grisi und ich, wir haben keinen Krieg gewollt. Wenn Hitler den Krieg gewonnen hätte – was weiß ich, was passiert wäre! Ich will dir etwas sagen: Wenn der Krieg auch nur einen Tag länger gedauert hätte, dann hätten noch Tausende von Menschen das Leben lassen müssen. Wenn es keinen Krieg gegeben hätte, dann wäre dein Vater zu Hause, der Willi hätte nicht nur sieben Tage einen Vater gehabt, der Walter hätte einen Vater, und ich müßte mich auf meine alten Tage nicht mehr soviel abrackern, um euch etwas auf den Tisch zu stellen.

17

Die Nüsse im Garten waren reif.
Jeden Morgen ging Peter in den Garten und suchte nach Nüssen.
Der Großvater hatte das spärliche Gras unter dem Nußbaum gemäht. Die Sonne schien durch die kahlen Zweige auf die trockene, gesprungene Erde. Es war ein sehr trockener Herbst. Die Nüsse fielen mit leichtem Knall auf die Erde. Peter und seine Geschwister sammelten sie ein. Ihre Hände waren schwarz von den grünen Nußschalen. Die Grisi tat die Nüsse auf ein Backblech zum Trocknen.
Wenn es stürmte, fielen Blätter, Äste und Nüsse auf die Erde. Peter nahm den Rechen und rechte Äste und Blätter zusammen. Bei windstillem Wetter verbrannte der Großvater das Laub. Eine Rauchsäule stieg hoch. Es roch im Garten plötzlich nach Herbst.
Die Grisi schnitt die letzten Astern für den Friedhof, bevor der erste Reif fiel.
Peter legte sich mit dem Bauch auf den schiefen Stamm des Birnbaums und ließ sich den Rücken von der Sonne wärmen. Die Arme ließ er nach unten baumeln. Nach einiger Zeit drehte er sich um und ließ sich den Bauch von der Sonne wärmen. Er sah durch die kahlen Zweige in den blaßblauen Himmel.
Der Herbst roch nach Astern, nach vertrockneten Nußblättern und nach Rauch. Peter schloß die Augen und roch den Herbst. Plötzlich begann der Herbst nach verbrannten Fetzen zu stinken. Peter öffnete die Augen und sah, daß aus dem eingeschlagenen Fenster vom Kuhstall eine Rauchfahne kam. Der Großvater hatte sie auch schon bemerkt und

lief auf die Scheune zu. Er rief nach dem Lori, der in seinem Garten arbeitete. Peter rief: Es brennt! Der Lori kletterte über den Zaun und rannte zum Brunnen. Er ließ den Eimer in die Tiefe. Der Großvater stand vor der Tür zum Kuhstall und hustete. Er schimpfte und hustete.
Wahrscheinlich haben die Kinder Feuer gemacht, rief er.
Ein paar Lumpen brannten im Stall, sie machten viel Rauch und Gestank. Der Lori löschte das Feuer mit zwei Eimern Wasser.
Wo sind die Purligaren*? rief er aufgeregt.
Es war niemand zu sehen.
Ich erwisch sie schon, prophezeite er und ging dann durch den Hof und durchs Tor wieder an die Arbeit.
Ist es Hanzi gewesen? fragte der Großvater.
Peter zuckte mit den Schultern.
Wahrscheinlich war es Hanzi gewesen, aber nicht nur er allein.
Der Großvater ließ die Tür zum Stall offen und ging sich am Brunnen waschen. Er war ganz schwarz an den Händen.
Peter ging ins Backes. Wenn Hanzi der Anstifter war, dann war er mehr als sicher im Backes und zitterte vor Angst. Das Backes war sein Versteck.
Das Backes war die Backstube, in der die Grisi früher das Brot gebacken hatte. Gleich neben der Tür stand die große Mehltruhe. In der Mitte des Raumes war der Tisch. Kleine Holztröge hingen an der Wand, und der Schieber stand neben dem Backofen. Die Grisi hatte früher im Backes den Teig gemacht, ihn geknetet, die Brote geformt und sie mit dem Schieber in den vorgeheizten Backofen geschoben.

* *Halunken*

Dort hatten mindestens zehn Brote auf einmal Platz. Wenn die Brote gebacken waren, holte sie die Grisi aus dem Backofen. Sie klopfte die verbrannte Kruste ab und stellte die Brote zum Auskühlen. Das frischgebackene Hausbrot schmeckte besser als jeder Kuchen. Am besten aber schmeckte die Kruste.
Im Herbst hatte die Grisi nach dem Brotbacken das Obst zum Dörren in den abkühlenden Backofen geschoben: Apfelscheiben und Pflaumen. Das Dörrobst blieb im Ofen, bis er erkaltete. Dann holte es die Grisi heraus und füllte es in Leinensäckchen. Aus den gedörrten Äpfeln machte sie im Winter Apfelsuppe und Kompott. Die Pflaumen aber nahm der Großvater mit einem Glas Wasser vor dem Frühstück zu sich gegen Verstopfung.
Nach dem Backen und Dörren mußte der Ofen gesäubert werden. Manchmal klebte das Dörrobst dermaßen an, daß das kleinste Kind in den Ofen kriechen mußte, um eine Pflaume oder ein Stückchen Apfel herauszuholen. Hanzi-Hänsel kroch in den Ofen, und Peter schrie: Huuu, die Hexe kommt!
Hanzi kroch schnell aus dem Backofen, und die Grisi schimpfte mit Peter.
Seitdem die Grisi das Brot auf Brotmarken kaufen mußte, hatte sie den Backofen nicht mehr benützt. Das Backes war allmählich zur Rumpelkammer verkommen.
Als Peter das Backes betrat, wußte er sofort, daß Hanzi irgendwo in dem schummrigen Raum versteckt war. Er war aber gar nicht versteckt. Er saß in einem alten Liegestuhl und schniefte. Die Füße hatte er aus Angst vor den Mäusen hochgezogen.
Hast du das Feuer allein gemacht? wollte Peter wissen.

Nein, der Mischi und ich, wir haben nur ein kleines Feuer machen wollen, ohne Rauch, aber die elenden Fetzen haben gleich furchtbar gebrannt.
Hanzi zeigte sich erst zum Abendessen wieder im Haus.
Der Großvater sah ihn nur an und sagte: Du warst es also!
Hanzi ließ den Kopf sinken.
Der Großvater wischte ihm zwei über den Hintern.
Paß auf, daß du uns das nächstemal nicht das Haus über dem Kopf anzündest! Wer weiß, was passiert wäre, wenn wir das Feuer nicht rechtzeitig bemerkt hätten!

18

An den warmen Nachmittagen im Spätherbst saß der Herr Hauser in eine Decke gepackt im Liegestuhl vor seiner Wohnung und las. Die Gerdi saß neben ihm und las auch. Peter hätte das Buch von der Gerdi auch gern gelesen, um zu sehen, was die Gerdi las. Aber er getraute sich nicht, die beiden zu stören. Er ging mehrere Male an ihnen vorbei in den Garten, und jedesmal öffnete und schloß er das Scheunentor geräuschlos. Der Herr Hauser hob nur kurz den Kopf und las weiter. Er ließ sich nicht stören.
Die Gerdi sah Peter nach, bis er in der Tür verschwand.
Peters Großeltern hatten zu Hause ein ganzes Regal voll Bücher. Die Bibel, das Gesangbuch, Bücher von Grillparzer, Goethe, Kleist und andern. Sie waren alle gotisch geschrieben, und Peter konnte diese Schrift nicht lesen. Es waren schöne Bücher. Sie waren in Leinen gebunden, manche sogar in Leder, und auf dem Einband stand der Name des Schriftstellers in goldenen Lettern. Diese Bücher vermehrten sich jedesmal, wenn eines von den Kindern Geburtstag hatte.
Die uralte Minnitante nämlich, die schon seit Jahren nicht mehr gehen konnte, wohnte in einem Zimmer, das mit alten Möbeln und Büchern vollgestopft war. Die Bücher hatte ihr Mann gesammelt, und die Minnitante hatte diese Sammelleidenschaft ihres Mannes nie recht verstanden. Nach seinem Tod, der nun schon einige Jahre zurücklag, begann sie die Bücher einzeln zu verschenken.
Wenn ein Enkelkind, eine Nichte oder ein Neffe oder deren Kinder Geburtstag hatten, dann mußte das Kind die Minnitante besuchen. Die Minnitante saß am Fenster und häkelte.

Sie sah nicht mehr gut, aber häkeln konnte sie meisterlich. Sie häkelte Spitzen, die als Einsatz für die Bettwäsche verwendet wurden, und diese Spitzen schenkte sie ihren Nichten und Neffen oder den Enkelkindern, wenn sie heirateten. Peter und seine Geschwister hatten die Minnitante nie anders als am Fenster sitzend gesehen.

Unser Herrgott hat mich vergessen, sagte sie. Was ist das für ein Leben, immer nur am Fenster sitzen und nichts mehr tun können!

Dann fragte sie die Kinder, wer sie denn seien und wie ihre Eltern hießen.

Peter nannte die Namen seiner Eltern.

Langsamer, sagte die Minnitante. Ich kann nicht mehr so schnell denken.

Ihr Blick ging dann nach innen, und es schien, als hätte sie Peter und seine Geschwister vergessen. Nach einiger Zeit richtete sie den Blick wieder auf die Kinder und sagte: Jetzt weiß ich, wer ihr seid. Eure Urgroßmutter war die Schwester meines Mannes.

Sie erklärte den Kindern genau, wie sie miteinander verwandt waren, nannte Namen von Menschen, die schon längst gestorben waren, und am Schluß erkundigte sie sich, welches Kind Geburtstag hatte. Das Geburtstagskind mußte dann an den riesigen Bücherschrank gehen, ihn aufschließen und sich ein Buch herausnehmen.

Die Bücher wurden der Reihe nach verschenkt. Die kleineren Kinder holten sich ein Buch aus der unteren, die größeren Kinder aus der oberen Reihe. So kam es, daß Hanzi zu seinem fünften Geburtstag *Des Meeres und der Liebe Wellen* von Grillparzer bekam, Peter durfte sich zu seinem zwölften Geburtstag *Faust,* den ersten Teil, von Goethe holen, und

Doris bekam zum dreizehnten Geburtstag einen Band Gedichte von Lope de Vega. Den zweiten Teil von Goethes *Faust* bekam Walter, denn er hatte als nächster gleich nach Peter Geburtstag.
Nachdem die Minnitante das Geburtstagskind beschenkt hatte, gingen die Geschwister, denn die Minnitante wurde schnell müde.
Peter sah bei jedem Besuch heimlich nach, ob das Sterbekissen von der Minnitante voller geworden war. Das war ein kleines Kissen, in das die Tante die Haare hineinstopfte, die ihr beim Kämmen ausfielen. Sie selbst nannte es ihr Sterbekissen und hatte bestimmt, daß man es ihr in den Sarg mitgeben sollte. Das Kissen war noch immer sehr weich, und die Tante würde bestimmt noch lange leben und Zeit haben, die ganze Bibliothek zu verschenken.
Eigentlich interessierte sich niemand für die geschenkten Bücher. Der erste Mensch, der an diesen Büchern wirklich Gefallen fand, war der Herr Hauser. Er sagte, es seien wunderschöne Klassikerausgaben, und es sei schade, daß die Tante die Bücher einzeln verschenke.
Der Herr Hauser las viel.
Seit dem Zwischenfall mit dem Lori kam er seltener zu Peters Großeltern. Er ging dem Lori aus dem Weg.
Der Herr Hauser war anders als der Lori. Peter hätte gern mehr über ihn gewußt.
Peter holte sich Faust, den ersten Band, und setzte sich auf die Küchentreppe. Er tat so, als ob er lesen würde. Dabei merkte er gar nicht, daß er das Buch verkehrt hielt. Er schielte nach der Gerdi. Die Gerdi ging an der Treppe vorbei und sah zu ihm hinüber. Peter hob den Kopf nicht vom Buch. Er klappte das Buch zu und verschwand im Haus.

Die Gerdi hatte ihrem Vater aber bestimmt erzählt, daß er in dem Buch mit den goldenen Lettern auf dem Einband gelesen hatte, denn bei der ersten Gelegenheit sagte der Herr Hauser zu Peter: Wenn du willst, kann ich dir Bücher zum Lesen geben.

Einige Tage später brachte er Peter den Robinson Crusoe. Es war das erste richtige Buch, das Peter las.

Peter las besessen, so daß die Grisi ganz besorgt war, der Junge könne sich durch das viele Lesen die Augen verderben. Der Herr Hauser beruhigte die Grisi, das Lesen würde Peter auf keinen Fall schaden.

Peter las ein Buch nach dem andern. Herr Hauser beschaffte ihm die Bücher, aber Peter fand einiges auch in der Schulbücherei. Mit der Zeit verlor er die Scheu vor dem Herrn Hauser, und sie sprachen miteinander über Gott und die Welt.

Einmal, als sie gerade ein Buch aus dem kleinen Bücherschrank des Herrn Hauser holten, stellte Peter ihm eine Frage, die ihn schon lange beschäftigte: Sind Sie ein Kommunist?

Herr Hauser antwortete nicht gleich.

Nach einer Weile sagte er mit zögernder Stimme: Ich glaub nicht, daß ich ein Kommunist bin. Ich glaub nicht an den Kommunismus. Es gibt einen Vers von Goethe: Edel sei der Mensch, hilfreich und gut ... Diese menschlichen Eigenschaften sind die Voraussetzungen für den Kommunismus. Der Mensch ist aber in Wirklichkeit ein Gemisch aus Gut und Böse. Er ist zu gewöhnlich für den Kommunismus.

Peter konnte mit der Antwort des Herrn Hauser nicht viel anfangen. Er hatte auch keine Zeit, weitere Fragen zu stellen. Die Frau Hauser kam außer Atem in die Wohnung, ließ sich müde auf einen Stuhl nieder.

Die Fruchtblase ist geplatzt, sagte sie zu ihrem Mann, hol die Hebamme.

Der Herr Hauser machte sich auf den Weg. Peter lief die Grisi holen.

Am nächsten Morgen hörte Peter ein leises krächzendes Weinen aus der Wohnung im Stall. Der kleine Roland Hauser war da.

19

November, Dezember, trübe Tage. Peters Vater war nicht unter den Heimkehrern. Sie wurden alle ungeduldig: die Grisi, der Großvater und auch die Kinder.
Einmal in der Woche kam ein Bus aus Wilhelmstadt und brachte Heimkehrer aus Rußland. Der Bus hielt auf dem Marktplatz. Da man den Tag nicht genau wußte, an dem der Bus kam, wurden die Heimkehrer nicht abgeholt.
Der Bus kam immer am Nachmittag. Peter ging täglich am frühen Nachmittag auf den Marktplatz. Jedesmal sagte er sich: Heute kommt er!, und dann beschlich ihn ein banges Gefühl. Er stellte sich vor, er ginge an seinem Vater vorbei, ohne ihn zu erkennen. Er konnte sich seinen Vater nicht vorstellen. Das Hochzeitsbild verdrängte jede Erinnerung. So wie auf dem Hochzeitsbild konnte der Vater aber nicht mehr aussehen.
Auch Walter ging täglich auf den Marktplatz, obwohl sein Vater in Kriegsgefangenschaft in Italien und nicht in Rußland zur Aufbauarbeit war.
Ich erinnere mich noch gut an deinen Vater, sagte er zu Peter. Er ist klein und dick.
Erinnerst du dich auch an sein Gesicht? wollte Peter wissen.
Ich erkenne ihn bestimmt, sagte Walter.
Peter und Walter gingen von da an immer zusammen auf den Marktplatz.
Peter war in seinem Innern überzeugt, daß sein Vater bis Weihnachten kommen würde. Wenn er überhaupt noch kam, dann kam er sicher bis Weihnachten.
Je näher der Christtag heranrückte, desto mehr schwankte Peter zwischen Hoffnung und Enttäuschung. Als er dann am

Christsamstag mit Doris, Hanzi und der Grisi in die Kirche ging, wußte er, daß kein Bus mit Heimkehrern gekommen war.

Der Großvater blieb zu Hause und schmückte den Tannenbaum. Als er die Kinder und die Grisi heimkommen hörte, zündete er die Kerzen an.

Peter fand unter dem Christbaum die Geschenke, die er auf seinen Wunschzettel geschrieben hatte: ein Paar Patschen, die die Grisi gestrickt hatte, eine Schachtel Wasserfarben und eine Taschenlampe. Er bekam auch eine dicke grüne Strickjacke, an der die Grisi abends heimlich gearbeitet hatte. Peter konnte sich aber über nichts richtig freuen, nicht einmal über die Taschenlampe. Sein größter Wunsch war nicht in Erfüllung gegangen. Der Vater war nicht gekommen.

Nach der Bescherung kam die Familie Hauser zu Besuch. Die Grisi hatte sie eingeladen.

Stören wir auch wirklich nicht? fragte die Frau Hauser. Weihnachten ist ja eigentlich ein Familienfest.

Wir freuen uns, daß Sie zu uns kommen, sagte die Grisi. Früher hatten wir kaum Platz genug für alle Anverwandten, aber jetzt sind wir nur noch wenige.

Die Grisi sah ganz bekümmert aus.

Um sie abzulenken, lobte die Frau Hauser den schönen Baum. Es war eine nicht allzu große Fichte. Der Großvater hatte sie mit weißen Kugeln und Kerzen geschmückt, mit roten Äpfeln, vergoldeten Nüssen und mit Keksen, die die Grisi gebacken hatte.

Jedes Jahr wurde der Baum auf die gleiche Art geschmückt, und es schien Peter immer, daß niemand einen Baum schöner aufputzen konnte als der Großvater.

Wenn ich daran denke, wie ich den letzten Christtag gefeiert habe, sagte die Frau Hauser nachdenklich.
Da waren Sie ja noch in Rußland! sagte die Grisi und ermunterte die Frau Hauser zum Erzählen.

Wir haben lange Zeit vor Weihnachten mit den Vorbereitungen für das Fest begonnen. Zuerst haben wir Talg gesammelt. Der Sprengstoff im Bergwerk war zum Schutz gegen die Feuchtigkeit in Talgpapier eingepackt. Diesen Talg haben wir abgekratzt und in leeren Konservenbüchsen gesammelt. Kurz vor Weihnachten haben wir Kerzen gegossen. Der Docht war ein Stück Seil oder das Ende von einem Schuhbandel.
Ich hatte mir auch einen kleinen Christbaum besorgt. Er war aus Stacheldraht. Ich hatte ihn für ein Stück Brot von einem Handwerker bekommen, der diese Stacheldrahtbäume zusammenlötete und an seine Bekannten verkaufte oder gegen Lebensmittel eintauschte.
Am Christsamstag haben wir die Kerzen angezündet und Weihnachtslieder gesungen. Manche von uns haben anfangs nicht mitgesungen, aber dann wurden sie von den andern mitgerissen. Wir wünschten uns gegenseitig frohe Feiertage und eine baldige Heimkehr, wir waren alle fröhlich und voller Hoffnung an jenem Abend.
Ich war ganz erstaunt über meine weihnachtliche Freude, ich hatte mich schon so lange über nichts mehr gefreut. Gleichzeitig hatte ich das Gefühl, daß dieses Weihnachtsfest mein letztes in Rußland war und daß ich das nächste zu Hause feiern würde. Gott sei Dank hat mich mein Gefühl nicht getrogen.

Der Großvater schenkte Wein ein.

Die Erwachsenen hingen ihren Gedanken nach. Die Unterhaltung wollte nicht recht in Gang kommen. Die Grisi forderte die Gäste auf, sich mit Kuchen zu bedienen.

In der Küche aber ging es lustig zu. Die Kinder spielten *Mensch ärgere dich nicht.*

So verging der Christsamstag.

Am nächsten Morgen nahm der Großvater Peter zu einem Spaziergang mit.

Es war ein sehr kalter Tag. Der gefrorene Schnee knirschte unter den Schuhen.

Der Großvater schlug den Weg nach Michelsberg ein. Sie gingen zwischen Obstbäumen die Landstraße entlang. Sie waren die einzigen Spaziergänger. Die Straße war sehr still. Der Schnee schluckte jeden Laut.

Peters Hände waren gefroren. Der Frost kroch durch die Handschuhe. Peter vergrub die linke Hand in seiner Manteltasche, und die rechte schob er zum Großvater in die Tasche. Der Großvater umschloß Peters kalte Hand mit seiner großen warmen Hand, und so gingen sie weiter. Peter mußte tüchtig ausschreiten, um nicht zurückzubleiben.

Der Großvater pfiff *Kling, Glöckchen, kling.*

Großvater, sagte Peter nach einer Weile, ich kann nicht so schnell gehen.

Er mußte den Kopf in den Nacken legen, wenn er zum Großvater hochsehen wollte.

Der Großvater sah zu ihm hinunter, drückte seine Hand und verlangsamte den Schritt. Dann pfiff er *O Tannenbaum, wie grün sind deine Blätter.*

Peter wechselte die Seite und wärmte auch seine linke Hand in Großvaters großer warmer Hand.

Plötzlich brach die Sonne aus den Wolken. Die Obstbäume glitzerten in weißer Pracht. Es sah aus, als ob tausend Glöckchen in den Bäumen hingen.
Auf dem Heimweg schlug der Großvater einen schnelleren Schritt ein. Peter lief neben ihm her. Er warf Schneebälle in die Apfelbäume. Der Schnee rieselte zu Boden.
Mit dir gehe ich gerne spazieren, sagte Peter zum Großvater.
Ich mit dir auch, entgegnete der Großvater.
So ging Weihnachten vorbei.

Der Januar kam und ging vorbei.
Ende Februar stand ein fremder Mann in der Tür. Er war klein und schmächtig, er trug eine dicke Steppjacke und eine Schirmkappe mit Ohrenklappen. Sein Gesicht war Peter vertraut, aber gleichzeitig auch sehr fremd. Es war sein Vater.
Der Vater umarmte die Grisi, den Großvater, er umarmte Hanzi, Peter und Doris.
Peter stand steif wie ein Stock da. Er war enttäuscht. Er hatte sich den Vater und das Wiedersehen anders vorgestellt, viel fröhlicher, als ein großes Ereignis.
Der Vater zog die Jacke aus und nahm die Kappe ab. Sein Haar war kurz geschoren. Peter betrachtete ihn von der Seite. Das also war sein Vater. Der Vater holte aus dem Holzkoffer, den er mitgebracht hatte, eine große bunte Blechdose hervor. Er öffnete die Dose. Es waren Zuckerl drin. Die Kinder nahmen von den Zuckerln. Sie schmeckten säuerlich, nicht besonders gut, aber es waren Zuckerl. Der Vater hatte sie aus Rußland mitgebracht.
Sie saßen alle um den großen Küchentisch, die Großeltern und dann auch die Kinder begannen zu erzählen. Der Vater hörte zu. Er selbst wollte nichts erzählen.

Spätabends schickte die Grisi die Kinder ins Bett. Die Erwachsenen blieben unter sich.
Peter und Hanzi krochen ins Ehebett. Doris schlief im Zimmer bei den Großeltern.
Das Bett für den Vater hatte die Grisi auf dem Diwan gerichtet.
Der Vater kam vor dem Schlafengehen ans Ehebett. Hanzi schlief. Peter tat so, als ob er schliefe. Er hielt die Augen fest zugepreßt. Der Vater ging zum Diwan und legte sich hin. Es war ganz still im Zimmer. Nur die Pendeluhr tickte wie gewöhnlich. Da hörte Peter ein leises Weinen, ein unterdrücktes Schluchzen. Erschrocken hielt er den Atem an. Der Vater weinte. Es war Peter furchtbar peinlich, daß der Vater weinte. Er lag regungslos in seinem Bett, während sich der Vater auf dem Diwan hin und her wälzte. Warum er nicht schlief, warum er wohl weinte, fragte sich Peter. Plötzlich begriff er: Als der Vater nach Rußland ziehen mußte, hatte er die Mutter im Haus gelassen. Nun war er zurückgekommen, die Buben schliefen im Ehebett, die Mutter war nicht mehr da.
Peter fühlte, wie es heiß in ihm aufstieg. Er hielt die Augen krampfhaft zu. Vorsichtig hob er die Decke hoch.
Hanzi drehte sich im Schlaf. Auf dem Diwan wurde es ganz ruhig.
Peter betrachtete das Innere seiner Augendeckel. Große lila und schwarze Wolken schoben sich ineinander. Er strengte sich an, wünschte sich helle Wolken auf den Augendeckeln. Der Kopf tat ihm weh. Es war ihm heiß. Er schob die Decke ganz beiseite. Im Einschlafen merkte er, daß ihn jemand vorsichtig zudeckte.

Im Altertum	wird Siebenbürgen nacheinander von Dakern, Römern, Goten und Gepiden beherrscht.
10. Jh.	Das Reitervolk der Madjaren (Ungarn) erobert Siebenbürgen und siedelt Szekler als Grenzwächter an.
12. Jh.	Unter der Regierung des ungarischen Königs Geza II. werden die ersten deutschen Siedler nach Siebenbürgen gerufen. Sie werden Siebenbürger Sachsen genannt.
1211–1225	Andreas II. zieht den Deutschritterorden zur Kolonisierung heran. Der errichtet Burgen und gründet Dörfer.
1241, 1285	Tatareneinfälle
15. Jh.	Türkeneinfälle. Ungarn, Rumänen und Siebenbürger Sachsen kämpfen gegen die Türken.
1542	Siebenbürgen erkennt die türkische Oberhoheit an.
ab 1543	Reformation der Siebenbürger Sachsen durch Johannes Honterus
1688	Siebenbürgen sagt sich von der türkischen Oberhoheit los und unterstellt sich dem österreichischen Kaiser Leopold I. Der bestätigt die Religionsfreiheit in Siebenbürgen.
ab 1718	Nach Vertreibung der Türken werden deutsche Kolonisten im Banat angesiedelt. Sie werden Banater Schwaben genannt.
1780/90	Unter Kaiser Joseph II. wird anstelle des Lateinischen Deutsch als Amtssprache eingeführt. Das hat Unzufriedenheit bei den Ungarn zur Folge. Der Widerstand der ethnisch unterdrückten Minderheiten wächst.
1867	Gründung der Doppelmonarchie Österreich-Ungarn. Siebenbürgen ist nicht mehr Kronland von

Österreich, sondern Teil der ungarischen Reichshälfte. Das Madjarische wird einzige amtliche Landessprache.

1918 Anschluß Siebenbürgens an Rumänien. Die Interessen der Minderheiten werden nur teilweise respektiert.

1940 Rumänien muß Nordsiebenbürgen an Ungarn abgeben. Deutsche Truppen kommen ins Land.

1941 Rumänien tritt an deutscher Seite in den Krieg ein. Die Rumäniendeutschen kämpfen in der rumänischen Armee. Politisch, wirtschaftlich und kulturell wird die deutsche Volksgruppe nach reichsdeutschem Vorbild organisiert.

1943 Die Volksdeutschen aus Rumänien werden in die deutsche Wehrmacht (Waffen-SS) eingereiht.

23.8.1944 Rumänien kapituliert und erklärt den bisherigen Verbündeten den Krieg. Die Siebenbürger Sachsen aus Nordsiebenbürgen werden mit Hilfe der Wehrmacht evakuiert.

1945 Deportation der Rumäniendeutschen (Frauen im Alter von 18 bis 35, Männer von 17 bis 45 Jahren) zur Aufbauarbeit in die Sowjetunion.
Im Zuge der Agrarreform werden die Bauern enteignet.

1947 Friedensvertrag der Alliierten mit Rumänien. König Michael dankt ab, die Volksrepublik wird ausgerufen.

1948 Industrie, Banken, Versicherungen und Transportunternehmen werden verstaatlicht.

1950 Die Rumäniendeutschen erhalten das Wahlrecht zurück.

1956 Bauernhöfe und Familienhäuser werden den Rumäniendeutschen zurückgegeben.

1967 Aufnahme diplomatischer Beziehungen zwischen der Bundesrepublik Deutschland und Rumänien.

1978 Bundeskanzler Helmut Schmidt und Präsident Ceauşescu vereinbaren verstärkte Aussiedlung der Rumäniendeutschen in die Bundesrepublik Deutschland im Rahmen der Familienzusammenführung.